朱顏

【壹】

滄月 著

Kadokawa Fantastic Novels DX

閱盡天涯離別苦，不道歸來，零落花如許。
花底相看無一語，綠窗春與天俱暮。
待把相思燈下訴，一縷新歡，舊恨千千縷。
最是人間留不住，朱顏辭鏡花辭樹。

——王國維〈蝶戀花〉

第一章　朱顏

朱顏被逼著嫁到蘇薩哈魯那一年，正是十八歲。

深夜子時，盛大的宴飲剛剛結束，廣漠王金帳裡所有人都橫七豎八地趴在案几上，金壺玉盞打翻了一地。帝都來賜婚的使節一行擋不住霍圖部貴族連番敬酒，早就被灌得酩酊大醉，連帳外的守衛都醉意醺醺，鼾聲此起彼伏。

「外面都喝得差不多了吧？」朱顏坐在另一座相連的金帳內，聽到外面的勸酒歌漸漸低下去，便站了起來，一把扯掉繡金綴玉的大紅喜服，匆匆換上一身俐落的短褐，匆匆說一句：「我得走了。」

「郡主。」侍女玉緋有些擔心。「不如讓雲縵陪妳去？」

「沒事，雲縵還得在前邊盯著霍圖部的大巫師，我自己走就行。」她打開了從赤王府帶來的一個匣子，拿了一件東西出來——一只一尺長的玉簪，玲瓏剔透，如琉璃寶樹，通體雪白，只在頂上有一點朱紅，在燈光下隱約流動著如雲的光華。

師父說這只簪子叫「玉骨」，出自碧落海裡連鮫人都游不到的海底，長在鬼神淵的裂口處，被地火煎熬、海水浸漫，在冰火淬煉之下，一百年方長得一寸，乃白薇皇后的上古遺物，世間法器中最珍貴的一種。

白薇皇后？開什麼玩笑，那豈不是有七千年？這些九嶷山上的神官總是喜歡拿這些虛無縹緲的話來騙空桑的王室貴族。

然而，此刻她握起玉骨，卻略略有點緊張。

自從師父傳了這件法器，她只用它施過一次法。上次不過是牛刀小試，還弄得雞飛狗跳，這次可算真刀真槍要用到了，也不知……她吸了一口氣，握起玉骨，對著自己左手乾脆俐落地扎下去。

「唰」的一聲，左手中指上頓時冒出一點殷紅。

血滴在白皙的指尖凝聚，如同一顆珊瑚珠子一樣漸漸變大，然而在即將滾落的那一瞬，彷彿被吸住似的，竟是順著簪子倒流上去——玉骨吸了那滴血，末端那一點朱紅瞬間濃豔，竟轉瞬開出一朵花來。

她連忙合起雙手，默默念動咒術。

短短的祝頌聲裡，那朵奇妙的花以肉眼可見的速度綻放、凋謝，最後化作五瓣，落到床榻柔軟的錦緞上。

落地的瞬間，錦緞上竟出現另一個一模一樣的朱顏！

一旁的侍女玉緋倒吸一口冷氣，差點驚叫出來——這是術法嗎？王府裡都說朱顏郡主小時候曾經在九嶷山學過術法，原來竟是真的。

「別怕，這只是借我的血化出的一個空殼子罷了。」她安撫著玉緋，抬手掐了掐榻上那個「朱顏」的臉——觸手之處溫香軟玉，是實實在在的肌膚，骨肉均勻，和活人一般。然而那個被掐的人毫無表情，如同一具木偶。

朱顏拈起玉骨，在那個「朱顏」的眉心點了一點，口唇微微翕動。人偶漸漸垂下頭去，似乎在聆聽著她的吩咐。

「這個術法只能撐十二個時辰，得抓緊了。」朱顏施法完畢，仔細檢驗了下自己的成果，轉頭吩咐貼身侍女：「快給她穿上我的衣服、戴上我的首飾，從裡到外一件都不能少，知道嗎？」

玉緋看著那個木然的人偶，心裡發怵。「郡主，妳真的打算……」

「少囉唆！這事兒我路上不是和妳們兩個早商量好了嗎？到現在妳怕了？

難道真的想在這個鳥不拉屎的大漠裡過一輩子？」朱顏性格毛毛躁躁，頓時不耐煩起來。「等一下事情結束，妳就立刻衝出去喊救命，知道了嗎？」

玉緋怯怯地點了點頭，握緊衣帶。

「別怕，事情很簡單，一定能成。」朱顏安慰她一句，將玉骨收起，插入了髮髻，披上大氅就走了出去。「等一下聽我信號，按照計畫行事就行。」

外面天寒地凍，寒風呼嘯著捲起雪花吹來，令人幾乎睜不開眼睛。她用風帽兜住頭臉，繞過一座座燃著篝火的帳篷，小心翼翼地避開那些喝醉的西荒人，雙手攏在袖子裡，捏了一個隱身訣。

還好雲縵在前頭想方設法地留住霍圖部的大巫師，否則以那個老傢伙的法力和眼力，自己只怕還不能這樣來去自如吧。

她一頭衝入風雪中，一直往遠離營帳的地方走去。不知道走了多遠，直到耳邊再也聽不見喧囂的人聲，她才筋疲力盡地停下來，用僵硬的手指抖了抖風帽，發現口唇裡全都是碎雪，幾乎無法呼吸。

這裡已經是蘇薩哈魯的最外圍，再往外走，便是草場了。

據說這入冬的第二場雪已經下了一個多月，足足積了兩尺厚。這樣冷的冬季，只怕放牧在外面的牲畜都會凍死吧。那些牧民，又是怎麼活下來撐到開春的呢？

這裡是西荒相對富庶的艾彌亞盆地——沙漠裡的綠洲、霍圖部的本旗所在，牛羊成群，蜜奶流淌。可是，和赤之一族所在的天極風城比起來，依舊一個天上一個地下，更不用說和繁華鼎盛的伽藍帝都相比。難怪聽說她要遠嫁到蘇薩哈魯時，母妃對著父王垂淚了好幾天。

「阿顏可是您唯一的孩子啊……其他六部藩王，哪個不是爭著把自家孩子送去帝都？為啥偏偏要讓我家阿顏去那種荒涼的地方，嫁給野蠻人？」

「就算嫁給野蠻人，也總比跟著那個鮫人奴隸跑了要好！」父王卻是一反常態，惡狠狠地回答：「此事妳不必多言！我已經從帝都請了御旨，她敢不去，赤之一族就等著被天軍討伐吧！」

母妃不敢再說，只是摟著她默默流淚。而她想著父王嘴裡那個「鮫人奴隸」，不由得一時間失了神，破天荒地忘記頂嘴。

「要不，妳還是逃出去找妳的師父吧？」在出嫁的前夜，母妃悄悄塞給她一個沉甸甸的錦囊，裡面裝滿了體己細軟，每一件首飾都足夠普通人過上一輩子。「時影大人是九嶷山上的大神官，就是伽藍帝都也忌諱他三分。」

她心下感動，嘴裡卻道：「師父經常雲遊或閉關，誰知道他現在在哪兒？而且九嶷山和這裡相隔十萬八千里呢，遠水哪救得了近火？」

「妳……妳不是跟著他學了好幾年術法嗎？不是會飛天還會遁地嗎？」母妃咳嗽著說：「咳……我替妳擋著妳父王，妳偷偷去吧！」

「能是能，只是我一個人跑了又有什麼用？」她嘟囔一句：「我走了，赤之一族怎麼辦？帝君還不是會找父王的麻煩？」

看著母妃愁眉不展的臉，她頓了頓，放鬆了語氣，反過來安慰母妃：「沒事，和親就和親，怕什麼？好歹是嫁給西荒四大部落裡最強大的霍圖部，也不算辱沒了。」

「可妳又看不上人家。」母妃看著她欲言又止。「妳喜歡的不是那個，那個……」

「妳想說淵是吧？都已經兩年多沒見了。」她笑了笑，手指下意識地在衣帶的流蘇上打了個結，裝作若無其事地說道：「沒事，反正他也看不上我，我已經想開了。」頓了頓，她又嘆了口氣輕聲道：「其實想不開又能怎樣？如今他在雲荒的哪一處我都不知道。」

「唉……畢竟是個鮫人。」母妃喃喃說道，也是嘆了口氣。「空桑王族的郡主，怎麼可能和世代為奴的鮫人在一起？雖然那個淵……唉，人其實還挺好的。」

朱顏臉上的笑容微微停了一瞬，似乎沒有想到母妃會說出這樣的話來。淵，這個名字在王府裡存在了上百年，卻一直是個忌諱，赤王每次提及都伴隨著憤怒的辱罵。如果不是這個鮫人和赤之一族有著上百年的淵源，為赤王府立下過大功，手裡還握有高祖賜予的免死丹書，父王在盛怒之下估計早就把他拉出去五馬分屍了吧。

「最是人間留不住，朱顏辭鏡花辭樹。」

在離開寄居了百年的赤王府前夜，他曾經說過這一句話。那一句話，竟然讓天不怕地不怕的朱顏聽得怔了半天，心裡空空蕩蕩。

「那些來自碧落海的鮫人，擁有天神賜予的美麗容顏……太陽般耀眼、春水般溫柔，哪個女孩兒會不喜歡呢？」母妃微微嘆息，欲言又止，「別說妳了，想當年，曾太夫人也是……」

「嗯？」朱顏忍不住好奇，「高祖母怎麼了？」

母妃沉默了一下，搖了搖頭岔開話題：「唉，如果不是出了這事兒，本來妳父王打算讓妳和其他六部郡主一起去帝都參加選妃的。我家阿顏的姿容，未必就比白族的雪鶯郡主遜色，說不定……」

「哎，真是親娘眼裡出西施。雪鶯可比我美多啦！」她毫不客氣地打斷母親的臆想，直白地潑了冷水。「何況空桑歷代皇后和太子妃都是要從白之一族裡遴選的，哪裡有我什麼事情？莫不成妳想讓女兒去給人做小的？」

母妃皺了皺眉頭說：「娘嫁給妳父王的時候也不是正妃啊……能和喜歡的人在一起就好，名分有那麼重要嗎？」

當然重要啊！不然妳早年也不會老被那個老巫婆天天欺負，直到她死了才能翻身——朱顏心裡嘀咕著，然而害怕母妃傷心，嘴裡是一句也不敢說。

母妃看了看她倔強的表情，輕輕地嘆一口氣：「也是，妳怎麼肯屈居人後？以妳這種沒大沒小的火爆脾氣，要是真的去了伽藍帝都，一定時刻都會惹禍。說不定還要株連全族——」說到這裡，母妃含淚笑了起來，咳嗽幾聲。

「所以，咳咳，不嫁去帝都，也算因禍得福吧……」

「別這麼說啊，娘！」她有些訕訕，「女兒我很識大體的！」

「那妳還和父王頂嘴？」母妃咳嗽著訓斥她：「那時候……咳咳，那時候妳如果低一低頭，說點好聽的讓妳父王息怒，那個鮫人估計也不會有那樣的下場……人家都在王府裡安安生生住了一百多年，也沒惹出什麼麻煩來，如果不是妳作天作地地鬧騰，怎麼會……」

朱顏臉上的笑容消失了，沒有說話。

是啊，如果那時候她肯好好跪下來哀求父王，淵或許不會……

「阿顏，妳從小被寵壞了。」母妃看著她搖頭，「膽子大，身手好，聰明能幹，又不服輸——如果是個男孩，妳父王不知該多高興，可偏偏是個女兒身……」

「這難道也怪我？」她有些惱，跳了起來。「明明是父王他生不出兒子！妳看他娶了那麼多房姬妾，十幾年了，就是沒能——」

「說什麼呢？」門外傳來雷鳴般的厲喝，赤王大步踏入。

她嚇得縮一下頭，把後半截話硬生生地吞回去。

「過幾天就要嫁人了，還在說這些混帳話！」赤王怒視著這個不省心的女兒，氣得兩條濃眉倒豎，如雷怒喝：「這般沒大沒小、口無遮攔，等妳嫁去蘇薩哈魯，看還有誰給妳撐腰！」

於是，她又被指著額頭、滔滔不絕地教訓了一個時辰，幾次想頂嘴，看到一旁母妃那可憐兮兮的眼神，都只能忍了。算了，反正再過一個多月自己就要遠嫁，父王的罵，就當挨一頓少一頓吧。而且父王也只是說說而已，就算她千里迢迢嫁去蘇薩哈魯，霍圖部的人要是敢碰她一根手指頭，父王還不提兵從天極風城直殺過去？

她，朱顏郡主，是赤王唯一的女兒。如果父親將來沒有再給她添新的弟妹，她就會繼承赤王的爵位，掌管整個西荒，所以在她及笄之後，砂之國四個部落便爭先恐後地前來求婚，成堆的藩王世子幾乎踏破了門檻。

原本父王看不上這些西荒部落，想從空桑六部王族裡選一個佳婿，卻不想她挑來挑去，最後竟看上一個鮫人奴隸，還差點私奔！赤王一怒之下，便從伽藍帝都請了旨意，乾脆俐落地為這個不省心的女兒選定夫家，打發她出嫁。

赤王選中的佳婿，是霍圖部的新王，二十歲的柯爾克。

柯爾克只比朱顏大了兩歲，性格驍勇、酷愛打獵，據說能赤手撕裂沙漠裡的白狼，老王爺去世後繼承了王位，替空桑守護著雲荒的西方門戶，獲得帝都冊封的「廣漠王」稱號。而他的生母是老王爺的大妃，薩其部的長公主，性格嚴酷、心機過人。據說這次柯爾克順利擊敗諸位兄弟成為新的王，又能抓住機會向赤王求親，娶到未來赤之一族的女王儲，每一步都和生母的精心謀劃脫不了關係。

有這麼一個婆婆，自己孤身嫁到大漠，日子想必不會太輕鬆。

朱顏嘆了口氣，在風雪裡悄悄地繞過大營，來到荒僻的馬廄。

在西荒四大部落裡，艾彌亞盆地裡的霍圖部以盛產駿馬著稱，馬廄裡自然也排滿了各種寶馬名駒。管理馬廄的僕人此刻都已經醉倒在酒桌上，因為寒冷，那些價值萬金的名馬相互靠得很緊，低頭瞌睡，微微打著響鼻，噴出的熱氣在夜裡瞬間凝結成白煙。

她的腳步很輕，即便是最警醒的馬也不曾睜開眼睛。

「好，就在這裡吧。那麼冷，凍死人了。」朱顏嘀咕一聲，從袖子裡拿出一只玉瓶，拔掉上面的塞子。一瞬間，有幾縷煙霧從玉瓶裡升起，瞬間被風雪捲走。那些駿馬打了個響鼻卻沒有醒，尾巴一掃又沉沉睡去。

這樣就可以了，等一下也不會讓這些驚馬攪了局。

料理完馬匹，朱顏回到空地上，從頭上拔下那只玉骨。簪子一抽走，一頭暗紅色的長髮頓時如同緞子一般散開，在風裡獵獵飛揚，如同一面美麗的旗幟。

她彎下腰，將玉骨插入雪地。

荒漠的深冬，嚴寒可怖，地面已經被凍得很堅硬，簪子插下去的時候甚至發出金鐵般的摩擦聲。

她雙手握著玉骨，非常吃力地在雪地上歪歪扭扭畫了一個圈，將自己圍在中間。

「唉，練了幾百次還是畫不圓。」她看一眼自己的成果，忍不住嘀咕一句：「師父看到又要罵了吧？」

朱顏嘆著氣，以右臂為圓心，開始細細地在雪地上刻出一個複雜的圖案，一筆一畫都不敢有偏差。

足足過了一刻鐘，才將那個複雜的圖形在雪地上畫全了。

「好，應該沒錯了。」最後檢查一遍，手指都快凍僵了，她呵了口熱氣暖了暖，手裡用了一點真力，「唰」的一聲，將玉骨在符咒的中心點直插到底，只露出末梢一點殷紅在雪堆外，然後合起雙手，開始念起一段咒語。

牧靈術。這是她學過最複雜的咒術，還是第一次實戰使用，難免有些緊張。然而越緊張越出錯，剛念了三、四句，立刻就錯一個字。她輕輕「呸」了一聲，心裡著急，只能苦著臉從頭再來。

這一次她沒有分神，祝頌如水一樣吐出，綿長流利。

隨著咒語聲，那只插入雪地的玉骨汲取了大地的力量，以肉眼可見的速度，從不足一尺迅速長大，轉眼就破雪而出，化為一根玉樹般玲瓏剔透的法杖，而她腳下畫過符咒的地面也忽然發出光芒。

發著光的圓裡，積雪覆蓋的地面開始起伏，彷彿雪下有什麼東西甦醒了，在不安地蠕動著。馬廄裡的駿馬似是感受到某種不祥的氣息，也起了騷動，但是被她剛才的術法困住，一時也無法跑開。

「起！」最後一個字念完，朱顏抬起手握住玉骨，將它拔起。

只聽「唰」的一聲，滿地大雪隨之紛飛而起。

雪下傳來一陣低低的咆哮，大地瞬間破裂，有什麼飛騰而出。

那是世間從未見過的巨獸，一隻接著一隻從地底飛撲而出，一躍而起，在空中凝聚成形，刹那落地——那些巨獸落下來，圍繞著她，猙獰可怖，躍躍欲試地想要撲過來，卻又畏懼著什麼，退縮在那個發著光的圓圈之外。

朱顏抬起玉骨，凌空往下一指。「跪下！」

那些巨獸瞬間一震，彷彿被一股不可抗拒的力量一壓，竟然齊齊身體一矮，前膝一屈跪在雪地上。

她抬起玉骨，輕點那些魔獸的額頭，照本宣科地念完牧靈術的最後一句：「六合八荒所有生靈，聽從我的驅遣！」

巨獸戰慄著低下頭，俯首貼耳。

她用玉骨點著巨獸的額頭，喃喃低語，似是下達了什麼指令。當玉骨收起時，她抬起手，一指遠處的帳篷，低喝：「去吧！」

只聽「唰」的一聲，風雪狂捲，群獸已然朝著金帳飛撲而去。

朱顏遠遠看著，鬆了一口氣。

事情總算辦好，得趕緊逃了。她不敢久留，將玉骨握在手心，等張開時已重新變為一只玉簪。她將簪子插入髮髻，將風帽拉起兜住頭臉，從馬廄裡選了一匹最好的夜照玉獅子馬，準備作為跑路時的坐騎。

從這裡往北疾馳一百里，穿過星星峽，就能抵達空寂之山。山上設有神殿祭壇，等到了那裡再做打算也不遲。

然而，她牽著馬剛一轉身，就在空蕩蕩的馬廄裡聽到一種奇怪的聲音——似乎有什麼東西從身後的黑暗裡輕輕走過，爪子摩擦著地面。

朱顏悚然一驚，頓住了身形，細細傾聽。

剛開始她以為是一隻因為寒冬而餓極了闖入大營的狼，細聽又似乎是金鐵在地上拖過的聲音。以防萬一，她還是從腰後抽出短刀，朝著聲音的來處走去，俐落地挑開那一堆擋著的草料。

奇怪的聲音頓時停止，一雙眼睛在黑夜裡閃現，看著她。

「嗯？」她皺了皺眉頭，發現那是一個小孩。

很小很瘦，看起來大概只有六、七歲的樣子，如同一隻蜷縮著的沙狐。大約是餓得狠了，一雙眼睛在那張蒼白的小臉上便顯得特別大，瞳子是深碧色的，滿臉髒汙，看不出是男是女。

那個孩子正躲在秫秫堆後看著她，濕淋淋的手指抓著一小塊浸透了泔水的饢餅，手指上布滿紅腫的凍瘡。

她愣了一下，這分明是他們剛才在宴會上吃剩下的東西。這個孩子，居然半夜偷偷地用手從馬廄的泔水裡撈東西吃？

剛才她做的這一切，這孩子都看到了吧？那可真麻煩。

她嘆了口氣，把刀收入鞘，蹲下身來。

「你是哪家的孩子？為什麼沒有去前頭吃飯？」她平視著那個孩子的眼睛，帶著不解開口問。今天是霍圖部的大喜之日，所有奴僕都可以去領一份肉和酒，為何這個孩子卻獨獨在這裡挨餓？

她說得溫柔親切，手指卻悄然抬起，想要一把扣住對方的脈門。然而，那孩子居然極為警惕，不等她手指靠近，瞬時往後縮了一縮，避開她的手。

他一動，那種奇怪的聲音又響了起來。

朱顏看了一眼，臉上頓時微微變色——這個孩子的雙腳上，居然鎖著一條粗重的鐵鍊。冰冷的鐵鐐鎖住孩子的兩隻腳踝，他縮在那裡看著她，警惕地朝後爬行，鐵鍊和地面相互摩擦，發出之前她聽到的那種奇怪聲音。

鐵鍊的另一端，通向馬廄後一個漆黑的柴房。

在這樣滴水成冰的夜裡，這孩子衣衫襤褸，露出的手腳上全是凍瘡，小小的腳踝上全是層層疊疊的血痂，癒合又潰爛——更可怖的是，她發現孩子之所以一直爬行，是因為肚子高高鼓起，似乎腹內長了一個肉瘤，使孩子完全無法直立。

難道是罪人的孩子嗎？否則怎麼會落得如此淒慘的地步？

她想著，不知不覺往前走了一步。

那個野獸般的孩子警惕地盯著她，拖著鐵鐐飛快地往後爬去，死活不讓她靠近，手裡還攥著那塊從泔水裡撈出的饢餅。

「喂，不許走！」在他快要爬回門口的時候，朱顏輕輕一伸手，捏住他的後頸，一把就將他凌空提了起來。那個孩子拚命地舞動手腳，不顧一切地掙扎，卻帶著一種奇怪的倔強沉默著，一直不肯開口說話。

「還想咬我？」她脾氣也不好，不由分說地微微一用力，便將孩子的手臂扭脫，冷哼道：「三更半夜的，不好好回去睡覺，偏偏要在這個地方？饒不得你。」

她扣住那隻暴躁的小獸，另一隻手從髮間拔出玉骨。

「嗯……嗯！」忽然間，黑暗裡傳來模糊的聲音，急切驚恐。

那一刻，沉默的孩子驟然脫口而出：「阿娘！別說話！」

朱顏吃了一驚——原來，這孩子不是啞巴？

「誰？」她皺了皺眉頭，知道這裡居然還有第二個目擊者，心裡更是煩躁，便站起身來，推開了柴房的門。

房間很小，裡面漆黑一團，有股難聞的腥臭味撲鼻而來，似乎存放著腐爛的肉類。柴房裡橫七豎八全是東西，她一時看不清，腳下被鐵索一絆，一個踉蹌差點跌倒，「哐啷」一聲踢到了什麼東西。

玉骨通靈，瞬間放出淡淡的光，替她照亮前方。

那一刻，她抖了一下，忍不住失聲驚呼。

剛才她踢倒的是一個酒甕。粗陶燒製，三尺多高，應該是大漠那些豪飲的牧民用來存放自釀的烈酒。那個酒甕在地上「咕嚕嚕」地滾動著，直到最後磕在屋角的牆壁上，才堪堪停了下來。

然而，那個酒甕，長著一個女人的頭！

那個披頭散髮的女人橫倒在黑暗裡，從酒甕裡探出頭瞪著她，雙眼深陷，滿臉是鮮血——那樣猙獰的表情，縱使膽大如朱顏也倒抽一口冷氣，往後直退。

女鬼！這個柴房裡，居然關著一個女鬼！

「阿娘……阿娘！」那個孩子卻爬了過去，一邊喊著一邊抬起麻稈兒一樣細瘦的雙臂，拚了命想把酒甕扶起來。然而人小力弱，怎麼也無法把沉重的酒甕豎起，他每次剛努力豎起一半，便又一次地倒在了地上。

酒甕橫在地上，不住滾動。女人的頭顱從酒甕口上伸出，死死盯著她，嘴裡發出「呵呵」的聲音，口腔裡的舌頭卻已經被齊根割斷。

那一刻，朱顏終於明白過來，失聲：「人……人甕？」

——是的，那個女人並不是鬼，而是活生生被砍去四肢、裝進酒甕的人！

怎麼……怎麼還會存在這種東西！她全身發冷，一時間竟呆愣在原地。她不害怕任何鬼怪妖物，卻不知道如何面對這樣子的活人。

這個馬廄，簡直是人間地獄。

自從北冕帝即位以來，在大司命和大神官的請求之下，伽藍帝都下過旨意，在雲荒全境廢除了十種酷刑，其中就包括人甕。為何在霍圖部的馬廄裡，居然還藏著這樣一個女人？

她一時間有些回不過神來，震驚到發呆。

那個孩子竭盡全力，終於扶起酒甕，用骯髒的袖子擦拭著母親額頭上磕破的地方，同時將手裡攥著的那塊饢餅遞到她的嘴邊。那個甕中的女人顯然是餓得狠了，一口就吞下去，差點咬到兒子的手。

朱顏怔怔看著她，依稀覺得眼熟，忽然失聲：「妳……難道是魚姬？」

人甕裡的那個女人震了一下，抬起眼睛看著朱顏──那張臉血肉模糊，似被利刃割得亂七八糟，頭髮也已經髒汙得看不出顏色。可是那雙眼睛，依然是湛碧的，宛如寶石。

那一刻，朱顏恍然大悟。

是的，那是魚姬！是霍圖部老王爺在世時最寵愛的女人！

在遙遠的過去，大約十年前，自己曾經見過她。

在她小時候，霍圖部老王爺曾帶著這個女子來到天極風城，祕密拜訪了赤王府。那個鐵血的男人放下大漠王者的尊嚴，低下頭苦苦哀求統領西荒的赤王給予支持，幫他彈壓部族裡長老們的異議，以便能順利將這個鮫人女子納為側妃。

「一個鮫人女奴，還生過一個孩子！能當個侍妾就不錯了，還想立她當側妃？」父王忍不住冷笑起來，毫不客氣地數落他：「我說，格達老兄弟，你都四十幾歲的人，別被豬油蒙了心——」

然而，話剛說到一半，父王的聲音忽然停頓了。因為那個時候正好有一陣風吹起面紗，露出了那個一直低著頭、安靜地坐在下首的女子容顏。

那一刻，連躲在一邊偷聽的朱顏也忍不住「啊」了一聲。

真美啊……簡直像畫上的仙女一樣！

那個有著水藍色長髮的鮫人女子低著頭，薄如花瓣的嘴唇輕抿著，似是羞愧地垂下睫毛，自始至終沒有說一個字。然而面紗後，她那一雙湛碧色的眼睛如同春水般溫柔，明亮又安靜，令所有言語都相形失色。

父王頓時不說話了，最後嘆一口氣。「我見猶憐，何況老奴？」

古板的父王到後來有沒有支持這個請求，她已經不記得了。當時八歲的她怔怔地看著那個絕色的鮫人女子，心裡只想著老天是如此不公平，竟然把天下最美的容顏賜予來自碧落海的鮫人，而讓陸地上的各種族類相形見絀。

趁著大人們在帳子裡激烈地爭論，她忍不住偷偷跑了過去，趴在對方膝蓋上，仰著頭從面紗下面偷偷看了那個鮫人女子半天。那個女子看起來非常羞澀溫柔，只是默默看著這個小女孩，也不說話。

她生性活潑，終於沉不住氣先開口，將握在手心的糖果舉起來，小聲問：「妳一個人在這裡坐了半天……餓不餓？要吃糖嗎？」

那個美麗絕倫的女子有些不好意思地笑了一聲，低下頭來，臉頰上有淡淡紅暈。「不餓，謝謝妳。」

「哎，妳真好看！」小女孩滿心羨慕，「我要是有妳那麼好看就好了！」

「妳也很好看啊，小囡囡。」那個鮫人女子笑了一下，輕輕地回答，語聲柔軟，如同一陣春風吹過。「等妳長大了，一定會出落得比我更好看。」

「真的嗎？」孩子信以為真，摸了摸自己的臉。「妳怎麼知道的？」

「因為妳是個好孩子。」那個鮫人女子抬起手摸了摸孩子柔軟的頭髮，手指如同白玉，隱隱透明。「心地善良的孩子，長大了都會是大美人。這是天神賜予的禮物。」

「是嗎？太好了！」她得到許諾，忍不住開心地笑了起來。

「郡主！妳又跑去哪裡？」帳子外面忽然傳來聲音。

「哎呀，我得回去了！不然盛嬤嬤要罵我！」她吐了吐舌頭，對著那個鮫人女子笑著。「哎，等我長大了、變漂亮了再來找妳！會不會比妳還美，到時候比一比就知道！」

在她的童年裡，關於這個女人的回憶其實只是短暫的一瞬。然而，那樣驚人的絕豔，在當時還是個孩子的她心裡留下驚鴻一瞥的烙印，久久不能遺忘。

——沒想到那麼多年後，竟然在這種地方又見到她！

鮫人的壽命是人類的十倍。十年的光陰，足以讓她從一個孩子出落成待嫁的少女，然而對鮫人漫長的千年生命而言，十年不過是彈指一瞬。這個鮫人女子歷經坎坷，陪伴老王爺走完最後的十年人生，卻依舊保持著初見時的容貌。

但是，連時間都未能奪去的美貌，如今竟被人手摧毀。

她怔怔看著這一對母子，又看了看那個被鐵鍊鎖住的小孩，半晌才喃喃說道：「天啊……按照老王爺的遺命，妳、妳不是在三年前就被一起殉葬了嗎？

怎麼會在這裡？」

魚姬張開沒有舌頭的嘴，拚命搖頭，有眼淚流下，一滴一滴墜落在地，在光線黯淡的柴房內發出柔光。

朱顏不由得看呆了。

傳說中鮫人生於碧落海，墜淚成珠、織水為綃。但從小到大，她只見過淵一個鮫人，他又怎麼也不肯哭一次滿足她的好奇心，她自然不知道真假。此刻看著從魚姬眼角墜落化為珍珠的淚，她一時間說不出話來。

「我明白了……一定是蘇妲大妃幹的！」她皺起眉頭，憤怒地道：「是那個該死的毒婦捏造旨意，在老王爺死後把妳活活弄成了這樣！是不是？」

魚姬不能說話，只有默默垂淚。

霍圖部老王爺的大妃悍名在外，連身為赤王獨女、挾天子之威下嫁的朱顏，心裡都有些忐忑，何況是這個只憑著一時寵愛的鮫人女奴？

朱顏嘆了口氣，看向一邊的小男孩。

「這個是妳的孩子？沒聽過老王爺五十歲後還添過丁啊……哦，難道他就是那個妳帶過來的拖油瓶？」朱顏彷彿明白了什麼，拉過那個孩子，撥開他的亂髮，想要看他的耳後。然而那個孩子拚命掙扎，一口咬在她的手背上。

「哎！」她猝不及防，一怒之下反手就打了過去。「小兔崽子！」

那個孩子拖著鐵鐐踉蹌倒地，人甕裡的魚姬急切地「啊啊」大叫。

「果然是個小鮫人。」朱顏摁住孩子的頭，撥開他的頭髮，看到孩子耳輪後面那兩處細細的紋路，彷彿兩彎小小的月牙——那是鰓，屬於來自大海深處的鮫人一族特有的標記。這個小孩，真的是魚姬以前帶來的拖油瓶？

「他的父親是誰？」朱顏有些好奇，「也是個鮫人？」

魚姬沒有說話，表情有些奇特，只是死死看著她，眼裡露出懇求的光。

「妳是想求我帶他走嗎？」朱顏看了看被做成人甕的可憐女人，又看了看那個孩子，心裡微微動了一動。老王爺死後，霍圖部上下早已被大妃把持，這一對母子落到如此地步，任人凌虐，求生不得、求死不能，這才會貿然向她這個外來者求助吧。

魚姬急切地點著頭，又看了看地底下，眼裡流下淚來。

鮫人的淚，一滴一滴化為珍珠。

「喂，你叫什麼名字？」她嘆了口氣，詢問被她摁在地上的那個孩子。

「幾歲了？有沒有六十歲？你能跟著我走多長的路？」

那個鮫人孩子冷冷瞪著她，輕蔑地「哼」了一聲，不肯說話。那種露骨的敵意和仇恨，讓剛剛起了同情之心的朱顏頓時皺起眉頭。

「不知好歹。」她嘀咕一句：「我現在自身還難保呢，才懶得救你！」

然而，就在這個當口上，外面起了一陣騷動，似是無數人從醉夢中驚起奔跑，每一座營帳都驚動了，一個聲音在遙遠的風雪中尖聲呼救——

「來人……來人啊！有沙魔！」

「郡主被沙魔拖走了！救命！救命——」

那是玉緋的聲音，尖厲而恐懼，如同一根扔向天際的鋼絲，一下子穿透風雪，刺耳地扎破西荒如鐵的夜幕，讓朱顏瞬間站了起來。

看來，這丫頭是被那群沙魔給嚇壞了吧。喊得如此淒厲，完全不像是裝出來的。明明交代過她，那些巨獸領了自己的命令，除了那個假朱顏之外，並不會攻擊帳篷裡的其他人，她還在那裡怕個鬼啊。

朱顏心裡一急，再也顧不得這邊的事。她這次來蘇薩哈魯，人地生疏、勢單力薄，在這場混亂裡能保全自己、順利脫身就不錯了，哪裡管得了突然冒出來的一對母子？

她輕巧地捏住那個孩子的後頸，玉骨快速點在他的眉心，一點光如同飛螢一般注入。旁邊的魚姬拚命張嘴大喊，然而沒有舌頭的嘴發不出聲音，她猛烈搖著頭，幾乎把酒甕又重新搖得倒了下去。

「別怕，我不會殺妳的兒子。」朱顏嘆了口氣，將軟倒的孩子扔回地上。「這孩子看到不該看的事情，我得用術法消除他今晚的記憶才行。至於妳……反正妳也說不出話不能告密，算了。」

她一邊說著，一邊抽出短刀，「唰」的一聲削斷孩子腳上的鐵鐐，抬頭看了看裝在甕中的魚姬，又搖了搖頭說：「算了，妳身上這個酒甕還是留著比較好，都長到肉裡去了。要是砸破，估計妳也活不了。」她拍了拍手，站起身來。「好，接下來你們自己想辦法吧，我得忙我的事情去了！」

她隨手將那把短刀扔給孩子，轉身出門。

所有人都朝著金帳奔去，這邊更是空蕩蕩的沒人理會。風雪裡她聽到玉緋的尖叫以及沙魔的嘶吼，金柝聲響徹內外，將霍圖部的勇士驚醒。一旦族裡的大巫師出動，那些沙魔估計過不了多久就會被全數殲滅吧。

沒關係，只要有這半個時辰的時間，她就可以順利離開了。

——朱顏郡主在大婚前夜，遭遇雪下沙魔的攻擊，慘遭橫禍，屍骨不全。這個消息傳到帝都後，此生就再也不會有人逼著她成親了，多好。

朱顏心急如焚地奔出柴房，趕著離開。然而出去一看，外面準備好的那匹夜照玉獅子馬不見了，甚至馬廄裡所有的馬匹都不在原地，雪地上蹄印散亂，顯然是已經四散而去。

什麼？她不由得大吃一驚，變了臉色。

誰幹的？那些馬明明被她施了術法定住，怎麼還會跑掉？

風雪還在呼嘯，她聽到遠處沙魔的慘叫，它們在一頭一頭地倒下去——看來霍圖部的人已經控制住局面，很快就要殺進金帳裡面。她心下焦急，抬起雙手在胸口結了一個印，瞬間就隱身於風雪之中。

等不得了，就算沒有馬，她也得馬上離開！

雪積得很厚，幾乎及膝。她隱了身，跌跌撞撞地往外走，想要飛升空中，疾行而去。然而風雪實在太大，偏偏又是逆風，把她吹得歪歪扭扭，怎麼都飛不起來。她如同一隻笨鳥，掙扎著起飛了好幾次都被狼狽地吹回來，最後頹然落在雪地，只能深一腳、淺一腳地跋涉，儘快離開蘇薩哈魯。

然而她走著走著，忽然間一頭撞上一個人。

「喂，沒長眼睛嗎？」朱顏被撞得一屁股跌倒在雪地裡，心頭大怒，脫口就罵了一聲。然而話一出口她就回過神來，連忙捂住嘴——是的，她現在是隱身狀態，又怎麼可能被別人看到？這麼一開口豈不是暴露了？

「自己用了隱身術，還怪別人不長眼？」一個聲音冷淡地回答，如同風送浮冰。「都長這麼大了，怎麼還跟沒頭蒼蠅似的？」

她聽到那語聲，忽然間打了個寒顫。

什麼？難道……是、是他？

荒漠風雪之夜，一個打著傘的年輕男子從黑暗中走來，輕飄飄地站在她的面前。一襲白袍在眼前飛舞，袍角上繡著熟悉的雲紋。簌簌的雪花落滿了那一把繪著白色薔薇的傘，傘下是一雙淡然的雙眸，正俯視著狼狽跌坐在地上的她，微微蹙起眉頭。

「師……師父？」她結結巴巴地看著那人，一時不敢相信自己的眼睛。

在這個雪夜的荒漠裡驟然出現的男子二十五、六歲，一頭長髮用玉冠束起，額頭髮際有一個清晰的美人尖。眉目清朗，雙瞳冷澈，宛如從雪中飄然而至的神仙。

這個人，居然是九嶷神廟的大神官——時影！

那個遠在天邊的師父，怎麼會忽然出現在這裡？自己不會是在作夢吧？朱顏目瞪口呆地看著他，直到那個人伸出手，一把將她從雪地上托起來。

他的手是有溫度和力度的，並非幻象。

「師……師父？」她忍不住又結結巴巴問了一聲，不知所措。

時影沒理她，只是側過頭傾聽。遠方的風裡傳來巨獸的嘶吼，一聲比一聲弱。風雪裡有隱約的祝頌聲，忽然間，一道光劃破了夜幕，轟然大盛。

「霍圖部的大巫師果然厲害，才短短一刻鐘就已經把妳召喚出的沙魔全部滅了。」時影淡淡說道：「走吧，過去看看熱鬧。」

「啊？」她嚇了一跳，往後退一步。

以她的這點修為，瞞過那些守衛也就罷了，如果在大巫師面前使用隱身術，只怕瞬間會被識破。

「怕什麼？」他側過傘，罩住她的頭頂，淡淡道：「有我在呢。」

凌厲的風雪頓時止息，傘下的氣息溫暖寧和，如同九嶷清晨山谷中的霧氣。她貪戀著這種溫暖，卻又有些畏懼地看了師父一眼，縮了縮肩膀嘀咕：

「還……還是趕快趁亂跑路，比……比較好吧？」

她從小就怕師父，一到他面前，連說話都結結巴巴。

「妳以為這樣就能跑得了？」時影看了她一眼，神色冷淡。「就算大巫師看不出這群沙魔是被妳召喚來的，就算他們看不出那個被吃掉的只是個替身——可是，這些呢？」

他頓了頓，指了指雪地上那些散亂的腳印，其中有沙魔的爪印，也有駿馬的蹄印，密密麻麻印滿了雪地。

朱顏一陣心虛，問道：「這……這些又怎麼了？」

時影皺了皺眉，不得不耐心地教導徒弟：「這些沙魔的腳印分明是從馬廄附近的地下忽然冒出來的，但它們偏偏沒有襲擊近在咫尺的馬匹，反而直接衝著妳的帳篷而去。而且那些馬，居然還毫不受驚地呆立著？妳覺得霍圖部的人，個個都是和妳一樣的傻子嗎？」

朱顏愣了一下，說不出話來，半晌才喃喃問道：「那……那些馬，難道是你放掉的？」

「當然。不放掉的話，明眼人一看就露餡了。而且王族的坐騎都打過烙印，妳騎著偷來的馬招搖過市，是準備自投羅網嗎？」時影搖了搖頭，恨鐵不成鋼地看了她一眼。「就靠著妳那個破綻百出的計畫，還想逃婚？」

被師父一句話戳破，朱顏不由得嚇了一跳，失聲道：「你……你怎麼知道我要逃婚？」

「呵。」時影懶得回答她，只道：「走，跟我去看看那邊的熱鬧。」

她被師父押著，不情不願地往回走，忍不住嘀咕一聲：「師父，你……你不是在帝王谷閉關修練嗎？怎……怎麼忽然就來這裡？」

「來喝妳的喜酒不行嗎？」時影淡淡道。

「師父……你！」她知道他在譏諷，心裡鬱悶得很，跺了跺腳，卻不敢還嘴——該死的，他是專程來這裡說風涼話的嗎？

時影沒理睬她，只顧著往前走。也不見他如何舉步，便逆著風雪前掠，速度快得如箭一般。朱顏一口氣緩了緩，立刻便落在後頭，連忙緊跟上去，將自己的身子縮在那把傘下，側頭覷著師父的臉色，惴惴不安。

身為九嶷神廟的大神官，時影雖然年紀不大，在空桑的地位卻極高，僅次於伽藍白塔上的大司命。自從離開九嶷之後，自己已經有足足五年沒見到他。師父生性高傲冷淡，行蹤飄忽不定，一貫神龍見首不見尾，此刻為何會忽然出現在這西荒，確實令人費解。

莫非……他真的是來喝喜酒的？

然而剛想到這裡，眼前一晃，一道黑影直撲而來，戾氣如刀割面。

糟糕！她來不及多想，十指交錯，瞬間便結了印。然而身子還沒動，只聽一聲悶響，遠處一道火光激射而來，「唰」地貫穿了那個東西的腦袋。那東西大吼一聲，直直地跌在腳邊，抽搐了幾下，便斷了氣息。

朱顏低頭看了一眼，臉色微微變了一下。這分明是被她派遣出去的沙魔，嘴裡還咬著半截子血淋淋的身體，是那個假新娘。

時影舉著傘站在那裡，不動聲色。

「幻影空花之術？那是妳的傑作嗎？」他看著沙魔嘴裡銜著的一角大紅織金鳳尾羅袖子，淡淡開口。那是帝都貢綢，只賜給六部王室使用，上面的刺繡也出自御繡坊，是她作為新嫁娘洞房合巹之夜穿的禮服。

「嗯。」她瞥了一眼，只得承認。

那個「朱顏」的整個上半身已經被吞入沙魔口裡，只垂著半隻手臂在外面。魔物利齒間咬著的那半隻胳膊雪嫩如藕，春蔥般的十指染著蔻丹，其中一根手指上還戴著她常戴的寶石戒指。

「人偶倒是做得不錯。」時影好不容易誇了她一句：「可惜看不見頭。」

「估……估計已經被吃掉了吧？」朱顏想像著自己血肉模糊的樣子，不禁背後一冷，打了個寒顫——今天真是倒楣，逃婚計畫亂成一團不說，居然還被逼著看自己的悲慘死相，實在是不吉利。

「可惜。」時影搖頭，「看不到頭，我也不知道妳到底算出師了沒。」

她實在沒好氣地嘀咕：「原來你是來考我功課的……」

師徒兩人剛說了幾句，已有許多人朝著這邊奔跑過來，大聲吶喊。火把明晃晃地照著，如同一條火龍呼嘯著包圍過來，將那一頭死去的沙魔團團圍住。

看到來勢洶洶的人群，朱顏下意識地想躲，時影卻將傘壓了一壓，遮住兩人的頭臉道：「沒事，站在傘下就好。他們看不見妳。」

她愣了一下，很快便鎮定下來——也是，以師父的修為，整個雲荒都無人匹敵，他如果出手護著自己，那個霍圖部的大巫師又算什麼？

兩個人便打著傘站在原地，看著那群人狂奔而來。

「在這裡……郡主她在這裡！」當先的弓箭手跳下馬，狂喜地呼喊，然而走過去只看了一眼死去的沙魔牙齒間的屍體，聲音便一下子低了下去，顫聲道：「郡主……郡主她……」

「她怎麼了？」馬蹄聲疾風般捲來，有人高聲問。

緊跟著而來的是一個四十多歲的西荒婦人，高大健壯，衣衫華麗，全身裝飾滿了沉甸甸的黃金，馬還未停，她便握著鞭子從馬背上一躍而下，身手竟比男人還俐落。那是霍圖部老王爺的大妃，如今部落的實際掌權者，所有人看到她都退避一旁。

朱顏明知她看不見自己，還是下意識地往傘下縮了一縮。

「這個就是妳婆婆吧？看上去的確是滿厲害的。」時影看著那個人高馬大的西荒貴婦人，又轉頭打量她一番。「妳肯定打不過她。」

「喂！」朱顏用力扯一下師父的袖子，幾乎把他的衣服拉破。事情越鬧越大，她實在是不好意思繼續在這裡看這場自己一手導演的鬧劇，然而這個該死的傢伙怎麼也不肯走。

天啊，當初自己為啥要拜這個人為師？

「神啊……」大妃跳下馬背，走過來只看了一眼，臉色頓時煞白，然而頓了頓，很快又定下神來，猛地厲喝一聲：「先不要動！」

霍圖部的勇士剛剛圍上去，想要把人從沙魔嘴裡拉出來，聽到這話頓時一震，退到一邊。大妃快步走上前，在雪地上跪下來，握了一握那隻垂落在外面的手臂，身子一震，不作聲地吸一口氣。

她抬起頭，吩咐旁邊的人：「還有救！快，去叫大巫師過來！」

「郡、郡主怎麼樣了？哦，天啊！這是——」這時候，又有一個人氣喘吁吁地從馬背上連滾帶爬地下來，卻是從伽藍帝都來的使者。他看到眼前這一幕，連聲音都發抖了。他送赤之一族的郡主來蘇薩哈魯和親，本是一件美差，沒想到最後竟是這樣一個結果。如此失職，回到帝都，會被帝君處死吧？

使者心裡一驚一急，加上風寒刺骨，頓時昏了過去。

「來人，快帶大人回金帳裡休息！」大妃處亂不驚，吩咐周圍霍圖部族人帶著昏迷的帝都使者離開，然後看了一眼那隻掛出來的手臂，又道：「郡主受了重傷，千金玉體，不便裸於人前，所有人給我退開十丈，靠近者斬！」

「是！」霍圖部戰士一貫軍令嚴格，立刻便齊刷刷往後退去。

在這樣呼嘯的風雪夜，十丈的距離，基本上便隔絕了所有耳目。

朱顏隱身在一旁看著，忍不住嘀咕一聲：「呸，一搭脈搏就知道死透了，這個老巫婆幹嘛還這般惺惺作態？無事生非，必有妖孽！」

「老巫婆？」時影眉梢抬了一下，「這麼說妳婆婆合適嗎？」

「誰是我婆婆了？」她冷哼一聲，想起馬廄裡魚姬的悲慘境遇，心底忍不住生出一股厭惡，雙眉倒豎。「如果不是怕給父王惹事，我恨不得現在就悄悄過去掐死這惡毒的老巫婆！」

時影沒有搭話，饒有深意地看了她一眼，轉過頭去。

當所有人都退下後，霍圖部的大妃一個人跪在雪地上，面對著那隻死去的龐然大物，竟然親自挽起袖子，赤手撬開沙魔的嘴，扯出被吞噬的兒媳婦——殘缺屍體拉了出來，肩膀以上血肉模糊，整個頭都已經不見了。

「果然看不到臉。」時影在傘下喃喃：「啃得七零八落。」

朱顏站在一邊，皺著眉頭扯了扯他的衣服，示意趕緊走。這場面血腥得實在受不了，再看下去她都要吐了。

然而此刻，又有一騎絕塵而來，急急翻身下馬。

「喏，那就是妳的夫君，新王柯爾克。」時影忽然笑了一笑，指著那個滿臉絡腮鬍的大漠男兒。「倒是一條昂藏好漢。」

「醜。」朱顏撇了撇嘴，哼了一聲。

身為赤王的獨女，她生長在鐘鳴鼎食的王府，從小傾慕的是淵那樣的絕世美人。以鮫人中的佼佼者為審美的啟蒙標準，長大後對男子的眼光更是高得無以復加。即便是師父，在她眼裡也只能算是清俊挺拔、氣質好而已，又怎能看上那個粗魯的西荒大漢？

「淺薄。」時影搖了搖頭。

「母妃！郡主她怎麼樣了？」對方跳下馬背，急急地問，一眼看到地上那一具沒頭的屍體，他喉嚨動了一動，血腥味刺鼻而來，頓時忍不住胃裡翻湧上來的滿腔酒氣，轉頭扶著馬鞍，「哇」的一聲嘔吐出來。想必新郎也聽說赤之一族的朱顏郡主是個美人，心裡滿懷期待，沒想到今晚尚未入金帳合巹，看到的新娘卻是這般模樣。

新郎只看了自己一眼，就吐得七葷八素，朱顏站在一邊也覺得大丟顏面，恨不得跳到面前去糾正他：「喂……別看那一堆碎肉了，那是假的！假的！我長得還是很不錯的！配你綽綽有餘好嗎？」

彷彿知道她的想法，時影轉頭看了她一眼：「後悔了吧？」

「後悔個鬼啊！只是沒想到自己的死相會那麼難看而已……」她忍不住又扯一下他的袖子，嘀咕：「現在我們可以跑路了吧？還有什麼好看的……難道你還要看著我入殮下葬？」

「再等等。」時影卻依舊不為所動，「要跑妳自己跑。」

她真的很想拔腿走人，但剛一抬頭，身子又被定住了。

呼嘯的風雪裡，迎面走來一位黑袍老人，白鬚白髮，面如枯樹，十指裡卻攏著一團火焰——那是霍圖部的大巫師索朗，西荒聲望最盛的法師。人還沒到，一股凌厲的壓迫感已經撲面而來。

大巫師走過時，在她身邊頓了頓，眼裡露出一絲疑慮，又朝著她的方向看了看。朱顏知道厲害，立刻屏氣斂息地縮在師父身邊，扯著他的袖子，一動也不敢動。

只要她一走出這把傘下，估計就會被發現了吧。

「長老！快來看看！」幸虧這個時候大妃抱著血淋淋的屍體，失聲對著他大喊：「郡主她、她被沙魔咬死了！你快來看看，還有沒有辦法？」

大巫師應聲轉過頭去，轉移了注意力。朱顏頓時覺得身上的壓迫感輕了一輕，不禁鬆一口氣。

連頭都沒了，還能有什麼辦法？

然而朱顏剛想到這裡，便看到大巫舉步走過去，俯下身來看著殘缺不全的屍體，伸出手指撥拉一下那些血肉，啞聲道：「只剩下那麼一點？是有點難度，但如果獻祭的血食足夠，倒也可以勉強一試。」

什麼？她大吃一驚，轉頭看著師父。

這世上居然還有逆轉生死的術法嗎？如此說來，這個大巫師豈不是比師父還厲害？

然而時影並沒有說話，只是靜靜看著霍圖部的大巫師，握著傘的修長指節似乎微微緊了一緊。

大妃聽了這句話，心裡一定，神色也恢復平日的鎮定，抬頭對兒子說道：「柯爾克，你先退下，派人用幛子將這裡圍起來，誰都不能隨便靠近。」她頓了頓，又吩咐：「如果帝都使者問起來，你就說大巫師正在搶救郡主，生死關頭，不方便別人前來打擾。知道嗎？」

「是。」柯爾克知道母親的脾氣，不敢多問，立刻退了下去。

很快，這個空地上只剩下大妃和大巫師兩人，以及地上的兩具屍體。

大巫師的氣場太強大，朱顏被壓得縮在傘下，心驚膽顫地看著，不時扯一扯師父的袖子，眼裡幾乎都露出哀求來了。然而時影壓根兒不理她，只是站在風雪裡，靜默地隱身旁觀。

「你是不想讓柯爾克看到吧？」大巫師低聲咳嗽，手心裡的那一團火光明滅不定。「也是，無論誰親眼看到妻子從死屍復活，接著還要和她在一個帳篷裡生活，心裡難免會不舒服。」

一邊說著，大巫師一邊俯下身，將手搭在那一隻斷臂上，微微閉上眼睛，默念了一句什麼，手心的火光忽然大盛。

那一瞬間，朱顏感覺到師父的眼眸忽地亮了一下。

那邊卻聽到大巫師忽然睜開眼睛說道：「奇怪，這位郡主……不像是活人啊！」

什麼？被看穿了嗎？朱顏心頭猛然一跳，幾乎從傘下蹦出去，卻聽大妃愕然問：「自然已經是死人，為何這般問？」

「不，我的意思是，這堆血肉裡沒有一點生氣。」大巫師長眉蹙起，看了看四周呼嘯的風，低聲道：「而且人才剛死，居然連三魂七魄也無影無蹤，不可思議。」

「啊！」那一瞬間，朱顏忍不住驚呼失聲。

——是的，人偶雖有血肉，卻沒有三魂七魄！這種差別，騙過常人可以，怎能騙過有修為的大巫師？那麼重要的事情，她怎生就給忘了？

「誰？」她剛一脫口，霍圖部的大巫師立刻轉過身，目光如炬，手心一收一放，那一團火焰忽然如同呼嘯的箭，朝著她直射過來。

「呀——」她失聲驚呼，手忙腳亂地想要抵擋，然而話還沒出口，眼前便是一黑。站在她身邊的師父在電光石火間出手，一把捂住她的嘴，同時放低傘面，將手中的傘斜下來罩住頭臉，輕輕一轉。

一朵白色的薔薇在雪中悄然綻放，瞬間將那團火熄滅。

同一個剎那，她看到師父尾指輕輕一點，地上那頭死去的沙魔忽然全身一震，彷彿被牽著線，猛地從雪地上躍起，吼叫著撲向一旁的霍圖部大妃。

「小心！」大巫師吃了一驚，連忙側身相救。

然而那頭死而復生的沙魔居然凶猛翻倍，這一擊只略微緩了緩它的行動，它緊接著又一個猛撲，將大妃撲倒在雪地上，便要咬斷她的咽喉。大妃身手也是迅捷，倏地拔出佩刀，一刀便插入沙魔的頂心。趁著這麼一緩，大巫師急速念咒，揮手又招來一道閃電，「唰」的一聲，將沙魔連頭帶軀擊得粉碎。

魔獸的利齒幾乎已經咬住大妃的咽喉，那個硬朗的女人竟是沒有驚慌失措，只是喘了口氣從地上爬起，拍了拍身上的雪。然而，眼看著沙魔化為齏粉，她卻忍不住變了臉色，脫口驚呼一聲：「糟糕！」

這一擊，幾乎是把朱顏郡主的屍身也一起完全擊碎。如果剛才要拼湊屍體已經很勉強，此刻便已是完全不可能，因為人的屍體和沙魔的血肉，都已經混在一起。

大妃怔怔地站在雪上，愣了半晌，從一堆模糊血肉裡捏起一縷暗紅色的長髮，轉過頭看著大巫師問：「現在可怎麼辦？」

「怎麼回事？這頭沙魔剛才明明已經被我殺了！」大巫師沉著臉，看了看那一堆血肉，眼神閃了閃，又抬起頭警惕地四顧，似乎要在風裡嗅出什麼，「是什麼讓這東西忽然又迴光返照一下？」

時影捂著朱顏的嘴，將傘無聲地放低，手腕徐徐旋轉，傘面上那一朵白薔薇緩緩生長、蜿蜒，將他們纏繞在其中，和大雪融為一體。

風雪呼嘯，荒原裡空無一人。

「奇怪。」大巫師在周圍走了一圈，什麼都沒有感覺到，這才鬆一口氣，不解地喃喃說：「剛才的事兒，有點反常。」

「我們還是抓緊時間吧！」然而大妃握著手裡那一縷頭髮，焦慮地看著他。「只剩下這個了，還能不能行？無論如何，絕不能讓朱顏郡主就這樣死在今晚！否則我們後面的計畫全都泡湯了！」

後面的計畫？什麼計畫？朱顏滿肚子疑問，卻聽到大巫師咳嗽了幾聲，將目光收回來，投在那一縷頭髮上，開口：「去墓庫裡取十二個女人出來。馬上就要，天亮之前！」

時影握著傘柄的手微微一震，薄唇抿成一線。

「好！」大妃吸了一口氣，立刻站起身來。

他們要做什麼？什麼是墓庫？朱顏好奇地看著，卻不敢出聲，只是用眼睛骨碌碌地看著師父。然而時影的神色非常嚴肅，退在一邊，靜靜看著大妃朝馬廄的方向一路走過去，眸子裡近乎有一種刀鋒般的銳利。

這樣的師父，她幾乎從沒見過。

大妃繞過馬廄，推開那個柴房的門。那一刻，朱顏下意識地倒吸一口冷氣，想起柴房裡那一對可怖可憐的母子。她已經斬斷那個孩子的鐐銬，不知道在剛才那一場大亂裡，那個小孩是否已經帶著母親趁機逃脫？可是，這樣大的風雪，一個瘦弱的孩子又要怎樣抱著沉重的酒甕離開？

她心裡有一絲惴惴，忐忑不安。

「咦？」大妃剛走進去，便在裡面發出一聲低呼，語氣極為憤怒。「怎麼回事？那個小兔崽子和那個賤人，居然都不見了！」

朱顏不作聲地鬆一口氣。

「居然給他們跑了！那個賤人！」大妃狂怒之下，用鞭子抽打著房裡的雜物，劈里啪啦倒了一片。「該死……等找回來，我要把那個小兔崽子也砍了手腳，做成人甕！」

「別管這些了！都什麼時候了！」大巫師皺著眉頭，在風雪裡微微咳嗽，捏著那一縷暗紅色的頭髮。「妳如果想在天亮之前把這件事掩蓋過去，還給空桑使者一個活的郡主，就馬上從墓庫裡把血食給我拿出來！」

大妃猛然住手，似是把狂怒的情緒硬生生壓了下去。

「好。」她咬著牙冷靜地說：「稍等。」

她在那個小小的柴房裡走動，不知道做了什麼，只聽一聲悶響，房子微微震動，忽然間，整個地面無聲無息地裂了開來。

柴房的地下露出一個黑黝黝的入口，彷彿是一個祕密的酒窖。

而在地底下，果然也是一排排整整齊齊的酒甕。

只是每一個酒甕上，都伸出了一顆人頭！

天啊……那、那麼多的人甕！

朱顏吃驚地看著這一幕，幾乎又要驚呼出聲，幸虧時影一直捂著她的嘴，不讓她有再次驚動大巫師的機會。

「要女人。」大巫師低聲道：「十二個！」

「好。」大妃領命，從一排排的人甕裡選了幾個年輕的，一個接著一個，從地窖裡提了上去，在雪地上排成一列。「一下子用掉十二個，回頭可真是要花不少錢從葉城補貨。要知道，現在一個品相很差的鮫人都得賣五千金銖了！」

「要做大事，這點花費算什麼？」大巫師一邊檢視從地窖裡提取出來的人甕一邊說道：「鮫人一族壽命千年，靈力更強，換成用普通人類做血食獻祭，得拿上百個才夠用。」

「那可不行。」大妃皺著眉頭，「本旗大營要是一下子少了那麼多人，這事兒蓋不住，一定會引起騷亂。」

「所以，就不要心疼金銖了。」大巫師冷冷道，手指敲著人甕裡的鮫人。「只要娶到朱顏郡主，將來整個西荒還不都是妳的天下？」

他的手指逐一敲著那些被剁去四肢、裝在酒甕裡的女鮫人頭顱，發出敲擊西瓜似的空洞聲響。那些鮫人拚命掙扎、尖叫，可是沒有舌頭的嘴裡發不出絲毫聲音，如同一幕令人毛骨悚然的默劇。

朱顏在一旁看著，只覺得觸目驚心，緊緊攥著時影的袖子。

蘇薩哈魯的地底下，竟然藏著這樣可怖的東西！天啊……她要嫁入的哪是什麼霍圖部王室，分明是惡鬼地獄！

「天快亮了，要復活朱顏郡主，必須抓緊時間。」大巫師用法杖在雪地上畫出一個符咒，將十二個人甕在雪地上排成一個圓。

「開始吧。」大巫師低聲道：「十二個鮫人當血食，估計也夠了。」

他開始念動咒語，將那一縷紅色的長髮握在手心。那道祝頌聲非常奇怪，不是用空桑上古語言吐出，而是更接近於一種野獸的低沉咆哮和吼叫，聽上去令人躁動不安，非常不舒服。

隨著他的聲音，他的雙瞳逐漸變了顏色，轉為赤紅，如同兩點火焰。大巫師一邊念咒，一邊凝視著手心，不停變換手勢。忽然間，他手裡的那一縷頭髮竟轟然燒了起來。

這……這是什麼奇怪的術法？她在九嶷山那麼多年，竟然從來沒有聽說過！

朱顏驚詫萬分，側頭詢問地看著師父，然而時影只是聚精會神地看著這一幕，表情肅穆，眼神裡跳躍著火焰一樣的光，一動不動。

大巫師在風雪之中施術，手中的火焰越來越旺。一輪咒術完畢，他拈起其中一根燃燒的髮絲，往前走一步，念動咒語，隨後「唰」的一聲，髮絲竟然直接插入那個人甕女鮫人的頭頂心。

那麼細小的髮絲，卻如同鋼絲一樣穿破顱骨。人甕女人的五官瞬間扭曲，顯然慘痛至極，但怎麼也叫不出聲音。

「住手！你這個瘋子！」朱顏憤怒至極，一時間竟然忘記自己完全不是對手，想要衝出去扼死這個惡魔一樣的巫師。然而，時影的手牢牢捂住她的嘴，不讓她動彈分毫。

他站在那裡，撐著傘，只是冷冷看著這一幕慘劇，一動也不動。

一根接著一根，燃燒的髮絲直插入人甕的天靈蓋，如同一根根火炬。轉眼間，在這風雪之夜，荒原裡燃起一個火焰熊熊的大陣。

大雪裡，火焰在燃燒，布成一個燈陣，以人的生命為燈油。大巫師盤腿跪在火焰中心，割裂自己的雙手，一邊祝頌一邊將鮮血滴入每一個人甕的天靈蓋，然後再度展開手臂，將流著血的手伸向黑夜的天空，低沉地開口，說出最後的禱詞——

「毀滅一切的魔之手啊……請攫取血食吧！請您回應奴僕的願望，讓死去的人從黑暗裡歸來！」

當血滴入火焰的那一刻，十二個人甕女子一起張開嘴，似是痛極而呼。在她們的痛苦中，十二道火焰猛然大盛，彷彿被一股力量吸引，朝圓的中心聚集，在圓心匯成一根巨大的火柱。

同一瞬間，人甕女子被吸光了精氣神，瞬間乾癟枯槁。

火柱裡，居然誕生一個影影綽綽的東西。

「出來了……出來了！」大妃驚喜不已。

朱顏站在風雪裡看著這一幕，幾乎要暈厥過去——是的，她看得清楚：在火焰裡漸漸浮凸出來的，居然是一個人形！當她看過去的時候，那個火裡的人彷彿也在看著她，居然還對著她詭異地笑了一笑！

那……那又是什麼東西？

她戰慄地抬起頭，想詢問身邊的時影，卻忽地發現風聲一動，身邊已空無一人。師父？師——

她抬起頭，幾乎失聲驚呼。

風雪呼嘯狂捲，有什麼從她頭頂掠過，那是一隻巨大的白色飛鳥，瞬間展開了雙翅，從陰雲如鉛的九霄直衝而下，衝入火柱之中。

「啊！」朱顏終於忍不住叫出聲來，「四……四眼鳥？」

重明！時隔多年，她終於再次見到這隻童年陪伴過她的上古神鳥。這隻巨大的白鳥是九嶷山神殿裡的千年守護者，屬於師父的御魂守，現在盤旋著從九霄飛下來……那師父呢？師父去哪兒？

大妃也在失聲驚呼：「那……那是什麼東西？」

神鳥呼嘯著從九霄飛來，雙翅展開幾乎達十丈，左右各有兩顆朱紅色的眼睛，凝視著大地上大巫師燃起的火焰法陣，尖嘯一聲，翅膀一掃，風雪激盪，便將十二個人甕都晃到地上，尖利的喙一探，直接啄向火柱中剛剛成形的肉身。

一啄之下，火焰都猛然黯淡。

「這、這是重明？不可能！」大巫師大驚失色，手中法杖一頓，一道火光急射而去，直取神鳥右側那一雙眼睛，逼著牠歪了歪腦袋。大巫師失聲：「難道……難道是九嶷山那邊的人來了？」

「說對了！」一個聲音在風雪裡冷冷道。

白色的飛鳥上，無聲無息地出現一個人影。穿著九嶷神官白袍的時影，從重明的背上躍下，長袍在風雪裡獵獵飛舞。他凌空手腕一轉，手中的傘「唰」一聲收攏，轉瞬化成一柄發著光的劍。

「啊！」朱顏失聲驚呼，看著時影的長劍凌空下擊，瞬間貫穿火焰裡那個剛剛成形的東西，隨後劍勢一揚，將其高高地挑起，扔出火堆。

「啪」的一聲，那個東西摔落在她面前。

她只看得一眼，就嚇得往後跳一步。

那……那赫然是另一個自己！

不是一具空殼的人偶，而是活生生、還在扭動的活人！那個從火焰裡誕生的「朱顏」全身赤裸，臉上帶著痛苦不堪的表情，胸口被那一劍從上到下割裂，連裡面的臟腑都清晰可見。

鮮血急速湧出，在雪地上漫開。

——那個「朱顏」的血，居然是黑色的！

「救……救救……」那個東西居然還會說話，在地上痛苦地掙扎著，爬過來對她伸出一隻手，眼神裡全是哀求。

「啊啊！」她往後又跳了一步，求助似地看了一眼師父。

然而時影已經重新翻身躍上重明神鳥，和那個大巫師鬥在一處，速度快得她壓根兒看不清。風雪呼嘯，那個大巫師的一頭白髮根根豎起，用古怪的聲調大聲吼著什麼，一次又一次用法杖重重擊著地面。

火焰在熄滅後又重新燃燒，轟然大盛，被操縱著撲向時影。

時影一襲白衣在烈火裡飄搖，如同閃電般穿進穿出，看得人眼花繚亂。風雪呼嘯，彷彿龍捲風一樣盤旋，將這方圓數十丈內變成一個你死我活的絕境。

「師父，小心！」眼看師父的白衣被火焰吞沒，朱顏急得不行，拔下玉骨便是一劃——這一下她使上了十二成的功力，「唰」的一聲，玉骨化為一道流光，破開風雪，直刺戰團中心。

冰雪和火焰同時一震，雙雙熄滅。

重明神鳥長嘶一聲，收斂了雙翅落下，漫天的大雪隨之凝定。

「師父！」她一擊即中，心裡不由得狂喜。「你沒事吧？」

「我倒是沒什麼事……」過一會兒，時影的聲音才從黑暗中傳來，依稀透著一絲疲憊。「妳打傷的是重明。」

「什麼？」她吃了一驚。

黑夜即將過去，黯淡的火光裡，那隻巨大的神鳥緩緩降落在雪地上，落地時身子卻歪向一邊，右翅拖在身後，四顆眼睛緩緩轉過來，冷冷地盯著她。潔白的右翅上，赫然插著她的玉骨。

「啊？」朱顏目瞪口呆，說不出話來。

時影從鳥背上躍下地來，手裡提著滴血的長劍，身上果然沒有受傷，只是冷著一張臉說：「去和重明道歉。」

「我不去！」朱顏不敢上前。

然而時影沒理她，手腕一轉，那把長劍驟然變回原形，成了一枚古樸的玉簡——那是九嶷山大神官的法器，千變萬化。

時影握著玉簡，看也不看地穿過她身側，朝著雪地另一邊走去。她只能哆哆嗦嗦地上前，抬起手想撫摸白鳥的羽毛又縮回來。「對……對不起！我真的不是故意的！我明明是瞄準那個大巫師打過去……誰知道會……」朱顏看著這個兒時夥伴，知道神鳥脾氣倨傲，結結巴巴說著，不敢靠近。「你……你的翅膀沒事吧？我幫你包紮一下？」

重明神鳥冷冷看著她，下頜微微揚起，四顆眼睛裡全是看不起，忽然冷哼一聲，脖子一揚，將嘴裡叼著的東西扔到雪地上。

那個大巫師，赫然已經被攔腰啄為兩段。

「我說呢，原來你嘴裡叼著這傢伙？」她一下子叫起來，為自己的失手找到理由。「你看你看，我沒打偏！明明是——」

話說到一半，「唰」的一聲勁風襲來，她頭頂一黑，立刻跌了個嘴啃泥。

重明毫不客氣地展開翅膀，只是一掃便一把將這個囉唆的人類打倒在地，白了她一眼，不慌不忙地將翅膀收攏，邁著優雅的步伐走了開去，開始一處一處啄食那些殘餘的火焰，一啄便吞下一個被燒成灰燼的人甕。

重明乃六合神獸之首，是專吃妖邪鬼怪的神鳥，淨邪祟、除魔物，千百年來一直留在九嶷山，守護著帝王谷裡歷代空桑帝王的陵墓，是九嶷神廟大神官的御魂守，此刻也擔負起清理現場的責任。

朱顏狼狽地爬起來，剛想去找尋師父的蹤影，忽然聽到遠處傳來一陣驚天動地的聲響，如同千軍萬馬在靠近。

怎……怎麼了？

她轉過頭，忽地張大嘴巴——赫然有一支軍隊，出現在黎明前的荒原上。整個霍圖部的戰士不知道什麼時候接到命令，被迅速地召集到這裡。全副武裝的戰士們將這片空地包圍得宛如鐵桶，劍出鞘、弓上弦，殺氣騰騰。領頭的正是她的婆婆——蘇妲大妃，她臉色鐵青，手裡握著弓箭。

「不是吧？」朱顏看到全副武裝的大軍，喃喃說道。天啊，今天她只是想逃個婚而已……怎麼轉眼就變成要打仗了？這形勢也變得太快了吧？

「蘇妲大妃，如今妳還有什麼話好說？」時影手握玉簡，冷冷看著面前的千軍萬馬，並無絲毫退縮。他指了指地上奄奄一息的「朱顏」，又指了指雪地上熄滅的火焰大陣和死去的大巫師，淡淡說道：「妳勾結大巫師，祕密修習被禁止的暗魔邪法，竟然意圖謀害朱顏郡主！妳覺得這樣就可以操控西荒了嗎？」

「啥？」朱顏聽得發愣。

什麼叫「意圖謀害朱顏郡主」？明明是她自己弄死了自己，試圖逃跑，怎麼到師父的嘴裡，就變成是大妃的陰謀呢？還……還是，她莫名其妙地被捲入什麼事情裡面？

她下意識地往前走幾步，想要跑過去問個清楚，然而大妃一眼看到她從大雪裡奔來，全身一震，驚得幾乎從馬上跌下來。

「朱顏郡主……還、還活著？」她喃喃說著，不可思議地看著毫髮無傷的人，又看了看地上扭曲掙扎的人形朱顏，一時說不出話來。

「這是你們的陰謀吧？這一切都是你們安排的？」終於，大妃想通了前因後果，回過神來，指著時影狂怒厲喊：「九嶷山的人，竟然聯合赤之一族，把手伸到了這裡！你們是早就計畫好要藉著這場婚禮來對付我們，是不是？該死的！」

喂！什麼意思？我和他明明不是一夥的——然而，不等朱顏開口辯解，師父冷笑了一聲說：「別自以為是，就算沒有這回事，你們在西荒祕密畜養血食、供奉邪神的陰謀遲早也要暴露。」

什麼？師父怎麼也知道那個柴房地下的人甕祕密？

「來人！」大妃的眼神已經冷得如同嚴霜，裡面籠罩了一層殺氣。她抬起手說：「把這裡所有的人都給我殺了！一個都不許離開蘇薩哈魯！」

「唰」的一聲，鐵甲兵應聲散開，將荒原上的人團團圍攏。

「娘？」柯爾克親王看著眼前這一切，一時間回不過神來。這些年母親和大巫師一直走得很近，他是知道的。但是，他以為母親只是為了籠絡大巫師，借助他的力量來鞏固自己在部族的地位而已，不知道還涉及這樣匪夷所思的事情。

——如果要把九嶷的大神官和赤之一族的郡主一起殺死在這裡，豈不是造反的大罪？

「柯爾克，我一直都不想把你捲進來，所以什麼都沒和你說。」大妃轉頭看著兒子，眼神凝重。「可是事已至此，不能善罷甘休。今天如果放跑了他們中的任何一個，我們霍圖部就要大難臨頭了！」大妃厲聲下令：「所有人，張弓！將這兩個人都給我射殺！」

「唰唰」的上弓聲密集如雨，聽得朱顏毛骨悚然，她生怕下一刻就會被萬箭穿心射成刺蝟，下意識地往前走一步，拉住師父的衣角。

「沒事。」時影卻神色不動，只是將手裡的傘遞給她。「妳拿著這個，退到重明身邊去待著。」

「可是……你、你怎麼辦？」她接了他的傘，知道那是師父的法器，看著他赤手空拳地站在雪地裡，面對上千的虎狼戰士，不由得發怵，脫口而出：「我……我們還是快跑吧！」

「跑？」他冷笑一聲，「我這一生，寧可死，也不臨陣退縮！」

「射！」就在拉拉扯扯的當口上，大妃一聲斷喝。

呼嘯而來的箭雨，瞬間在荒原上掠過。

朱顏驚呼一聲，下意識地撐開傘，想撲上去幫師父擋住，然而時影在瞬間身形一動，迎著箭雨就衝了上去。

「師父！」她失聲大喊。

清晨的依稀天光裡，只看得到漫天的雪花飄轉落下，而他的白袍在風中飛舞，獵獵如旗。無數枝利箭迎面射來，在空中交織成聲勢驚人的箭陣，如同暴風雨呼嘯。時影一襲單衣，迎著萬箭而上，凝神聚氣，忽地伸出手去，「唰」地扣住當先射到的第一枝箭。

——那一瞬間，空中所有的箭都頓住了。

他手指一抬，指尖一併，「喀嚓」一聲將手裡的箭折為兩段。

——那一瞬間，空中所有的箭竟然也都凌空折為兩段！

他鬆開手指，將那枝箭扔在雪地上。

——那一瞬間，所有的箭也都憑空掉落在地上！

靜默的戰場上，千軍壓境，所有人都瞬間驚呆了。這……這算是什麼術法？這個白衣神官，居然能在一瞬間，通過控制一枝箭來控制千萬枝箭，那他豈不是能以一人敵千萬人？

這……這到底是什麼樣可怕的邪術？

只是一個剎那，時影已經出現在大妃面前，看著那個手握重兵的貴婦人，冷冷開口：「蘇妲大妃，妳可認罪伏法？」

「不認！」那個女人卻是悍勇，從驚駭中回過神來，一聲厲喝，竟是從鞍邊「唰」地抽出長刀，迎頭一刀就向著時影砍下去。

她雖是女流，卻是西荒赫赫有名的勇士，這一刀快得可以斬開風。拔刀速度極快，只是一剎那，就切到時影的咽喉。

「師父！」那一刻，朱顏真是心膽俱裂，不顧一切地衝過去。不知道哪裡來的力氣，那一瞬間她竟然跑得極快，幾十丈的距離彷彿被縮到一步之遙，驚呼未落的瞬間，她已經衝到馬前。

這樣鬼魅般的速度，令馬上的大妃幾乎不敢相信自己的眼睛——赤之一族的郡主，她那個嬌生慣養的新兒媳，竟以不可思議的速度衝過來，赤手握住她砍下的刀。

那一雙柔軟嬌小的手，死死握住刀鋒，鮮血沿著血槽流下。

「妳……」大妃倒抽一口冷氣，立刻咬了咬牙，將長刀繼續往前刺出，想要順勢割斷手掌再將這個少女的心臟洞穿。然而手臂剛一動，她忽然全身抽掐，說不出話來——因為此時一隻手從背後探過來，扣住她的咽喉。

「師……師父！」朱顏愣住了，看著忽然出現在大妃背後的時影。她下意識地又回頭看一下，然而，背後的另一個時影還站在那裡，一動不動，大妃的刀鋒已經割破他咽喉的肌膚，然而詭異的是，沒有一滴血流出來。

朱顏愣住了，過了片刻才用流著血的手指輕輕點一下背後的那個時影——她的手指從他的身體穿過，沒有遭遇任何阻礙，如同一層空殼霧氣。

那一刻，她明白過來了。

那是幻影分身！剛才那一瞬，師父早已移形換位！

「接刀的速度挺快。」時影對著發呆的弟子笑了一笑，笑容竟是少見的柔和。他一把扣住大妃，將她拖下馬來，轉身對著鐵甲戰士大呼：「大妃勾結妖人，謀害老王爺，罪不容誅！你們都是霍圖部的勇士，難道要跟隨這個惡毒的女人反叛嗎？」

「什麼？」所有人瞬間大驚，連柯爾克都勒住馬。

謀害老王爺？這個消息太過驚人，幾乎在軍隊裡掀起波濤般的震動。

「老王爺一生英武，五十歲大壽時還能吃一整頭羊、喝十甕酒，如何會因為區區寒疾說死就死？」時影策馬，將手裡被制服的大妃舉起，扣住她的咽喉。「就是這個女人！因為失寵心懷怨恨，就勾結大巫師，在老王爺身上下了惡咒！不信的話，可以看看這個——」

他手指遙遙一點，大雪紛揚而起，地窖的頂板忽然被掀開。

「天啊……」那一瞬間，所有人失聲驚呼，握著弓箭的手幾乎鬆開。只見木板移開後，地下露出齊刷刷的一排排人甕，裡面全是沒有四肢、滿臉流血的鮫人。

那樣慘不忍睹的景象，震驚了大漠上的戰士。

「娘！」柯爾克眼角直跳、目眥欲裂，轉向大妃顫聲問：「這……這些，真的是妳和大巫師做的？為什麼？」

大妃被扣住咽喉，說不出一句話，然而眼神冷酷，毫無否認哀求之意。柯爾克深知母親的脾性，一看這種眼神，便已經知道答案，只覺得全身發冷，原本提起要血戰到底的一口氣立刻洩了。

「這個惡婦陷霍圖部於如此境地。」時影冷冷說道，聲音不大卻一字一句清清楚楚傳到了每一個戰士耳邊。「我奉帝君之命來此，誅其首惡，脅從罔治！赤王已經帶兵前來，帝都的驍騎軍也即將抵達。你們這些人，難道還要助紂為虐，與天軍對抗嗎？」

荒原上，鐵甲三千，一時間竟寂靜無聲。

朱顏心裡緊繃，用流著血的手默默從地上撿起那把傘，不聲不響往師父的方向挪去，生怕那些虎狼一樣的騎兵忽然間就聽到號令，一起撲了過來。

然而，寂靜中，忽然聽到「噹啷」一聲。

一張弓箭從馬背上扔下來，落在雪地上。

「事已至此，也沒有什麼好說的了。」柯爾克居然當先解下弓箭扔到地上，從馬背上跳下來，回頭對身後的戰士們道：「一切都是我母親的錯，霍圖部不能對抗帝都天軍，不然滅族大難只在旦夕。大家都把刀箭解下來吧！」

戰士們看到新王如此做法，躊躇了一下。

「你們真的要逼霍圖部造反嗎？快解甲投降！」柯爾克有些急了，生怕局面瞬間失控，厲聲大喊：「一人做事一人當，這是我們一家犯下的罪，不能連累你們的父母妻兒，更不能連累霍圖部被滅九族！請大家成全！」

戰士們遲疑了一下，終於紛紛解下武器，一個接著一個扔到雪地上，很快地上便有了堆積如山的弓箭刀槍。

「各位千夫長，分頭帶大家回大營去！」柯爾克吩咐，聲音嚴厲，不怒自威。「各自歸位！沒我命令，不許擅自出來！」

很快，雪地上便只剩下孤零零的幾個人。大妃看著這一切，拚命張大嘴巴，卻發不出聲音來，眼神裡又是憤怒又是憎恨，惡狠狠地盯著自己的兒子，恨不能上前用鞭子將這個如此輕易屈服的人抽醒。

「柯爾克親王深明大義，實在難得。」時影不作聲地鬆一口氣，對著柯爾克點了點頭。「我知道你並未捲入此事。等到事情完畢，自然會上訴帝都，為你盡力洗刷。」

「洗刷什麼？」柯爾克搖頭，慘然一笑。「我母親在我眼皮底下做出這等事情，我身為霍圖部的王，竟然毫無覺察，還有何顏面為自己開脫？」

他往前走一步，對著時影單膝跪下。

「事情到此為止，在下身為霍圖部之王，願意承擔所有責任。只求大神官不要牽連全族，那柯爾克死也瞑目——」

話音未落，他手腕一翻，拔出一把匕首，便往脖子割了下去。

時影身子一震，手指剛抬起，卻又僵住。

「別啊！」朱顏失聲驚呼，拔腿奔過去，卻已經來不及阻攔。柯爾克這一刀決絕狠厲，刀入氣絕，等朱顏奔到的時候，他已經身首異處。她僵立在雪地上，看著這個本該是自己夫君的人在腳邊慢慢斷了氣，一時間連手指都在發抖。

她低頭看了看柯爾克，又抬頭看了看時影，臉色蒼白。

時影默默看著這一幕，神色不動，手腕一個施力，將不停掙扎的大妃扔到地上，冷冷開口：「現在妳知道那些被妳殘害的人的痛苦了嗎？這個世間，因果輪迴，永遠不要想逃脫。」

大妃在地上掙扎，想要去兒子的屍身旁，身體卻怎麼也不能動。淚水終於從這個一生悍勇殘忍的女人眼裡流下來，在大漠的風雪之中凝結成冰。

朱顏在一旁看著，心裡百味雜陳，身體微微發抖。

「既然妳兒子用自己的血給霍圖部清洗罪名，那麼，我也答應他此事到此為止，不會再牽連更多人。」時影說著，從袖子裡飛出一條銀索，瞬間將大妃捆了一個結實。「只把妳送去帝都接受審訊，也就夠了。」

他俯視著地窖裡密密麻麻的人甕，眼裡露出一絲嘆息，忽然一拂袖，雪亮的光芒從雪地憑空而起，如同數十道閃電交剪而過。

「不要！」朱顏大驚失聲。

然而，已經晚了。那些閃電從天而降，瞬間就繞著地窖旋轉一圈。人頭如同被收割的麥子齊齊被割下，從酒甕上滾落。

只是一剎那，那些人甕裡的鮫人，就全都死了。

朱顏站在那裡，看著滿地亂滾的人頭，又看著身首異處的新郎，一時間只覺得全身發冷。

「為……為什麼？」她看著時影，顫聲問：「為什麼要殺他們？」

「都已經變成這樣，多活一天就是多受一天折磨，為什麼不讓他們乾脆死了？」時影俯身看著她，微微皺眉。「難不成，妳還想讓我把這些沒手沒腳的鮫人都一個個救回來嗎？」

「難道不行嗎？」她怔怔說道：「你……你明明可以做到！」

「不值得。如果是妳被裝到酒甕裡，我或許會考慮一下。」時影從她手裡接過傘，走到柯爾克的屍體邊上，低頭凝視片刻，嘆了口氣。「可惜……這本該是一個很出色的王啊。他的死，是空桑的損失。」

朱顏默默看著，心裡也是說不出地難過。

一天之前，她還從心底牴觸和厭惡這個名為夫君的人，卻從來沒想過自己會以這樣的方式見到他，又以這樣的方式和他告別。人和人之間的緣分，瞬乎縹緲，剎那百變，如同天上的浮雲。

時影回頭看了她一眼道：「我跟妳說得沒錯吧？妳的夫君是一條好漢。妳如果嫁給他，其實也不虧。」

「你……」朱顏看著他，聲音再也忍不住地顫抖起來，壓抑不住內心的憤怒，脫口而出：「你為什麼不救他？你……你當時明明是可以救他的！為什麼眼看著他自殺？」

時影垂下眼簾，語氣冷淡：「是啊……剛才的那一瞬，我的確是來得及救他。可是我又為什麼要救他？」

「他不該死！」朱顏憤然，一時血氣上湧，竟斗膽和他頂起嘴來。「我們修行術法，不就是為了幫助那些不該死的人嗎？」

他抬起眼睛淡淡看了她一眼，聲音平靜：「不管該不該死，以此時此刻而論，他還是死了比較好吧？如果他能身為一個出色的王活下去，倒是有價值；如果他能身為朱顏郡主深愛的夫君活下去，也算有價值。可是，現在他什麼都不是——既不能做霍圖部的王，也不能做妳的丈夫，我又何必耗費靈力去救他呢？他若是活下來，反而麻煩。」

她說不出話來，怔怔看著那雙熟悉的眼睛。

那樣溫雅從容的眼眸裡，竟然是死亡一樣的冷酷。

「別這樣看著我，阿顏。每個人心裡都有自己的量尺。」彷彿感覺到她的情緒，他淡淡看著她反問：「其實，為什麼非要指望我去救他們？妳自己為何不救？」

「我……我趕不及啊。」她氣餒地喃喃說著，忽地覺得一陣憤恨，瞪著他。「你明明知道我是怎麼也趕不及的！還問！」

「怎麼會呢？妳當然趕得及。」時影淡淡笑了一聲，「在大妃那一刀對著我砍下來的時候，妳都能趕得及。」

朱顏忽然間愣住了。

是的，當時她和大妃之間相隔著至少幾十丈，那一刀迎頭砍下，快如疾風。可就在這樣電光石火間，自己居然及時衝了過去，赤手握住砍下來的刀鋒。這樣的事情，如今轉頭回想起來，簡直是作夢一樣。

她低下頭，怔怔看著自己手心深可見骨的刀傷，一時間說不出話。是的，那一刻她如果真的衝過去，說不定也能救下柯爾克吧？

可……可是，為什麼她沒有？

「妳當然能，阿顏。妳比自己想像得更有力量。」看著她手心裡的刀痕，時影一貫嚴厲的語氣裡第一次露出讚許之意。「要對自己有信心。記住：只要妳願意，妳就永遠做得到，也永遠趕得及！」

這麼多年來第一次被如此誇獎，朱顏不由得懵了，半晌才茫然抬起頭看著他。「真……真的嗎？」

「我什麼時候騙過妳？」時影抬起手指，從她手上深可見骨的傷口處移過，觸摸之處血流立止。「好，事情結束了，我送妳回家吧。」

「回家？」她愣了一下，下意識地往後退。

「現在事情鬧成這樣，妳也不用出嫁了，不回家還打算去哪裡？」他審視一下她的表情，又道：「放心，我親自送妳回去，一定不會讓妳挨父王的打。」

然而她縮了一下，喃喃說：「不，我不回去！」

「怎麼？」時影微微皺眉。

「回去了又怎樣，還不是要被他打發出來嫁人？」她不滿地嘀咕，頓了頓又道：「不如我跟你去九嶷山吧！對了……你們那裡真的不收女神官嗎？我寧可去九嶷出家也不要被關回去！」

時影啞然，看了她一眼說：「先跟我回金帳。」

「哦。」朱顏不敢拂逆他的意思，只能乖乖跟過去。

只不過一夜而已，玉緋和雲縵見了她倒像是生離死別一樣，一下子撲上來抱著她，幾乎哭出聲來：「謝天謝地！郡主妳平安回來了……昨晚事情鬧那麼大，我們、我們都以為再也見不到妳了！」

朱顏心裡很是感動，卻也有點不好意思和不耐煩，便隨口打發她們出去，斜眼看看師父，心裡有點忐忑。時影在一旁的案几上鋪開信箋，開始寫些什麼東西，卻沒有放過這個教訓她的機會，冷冷道：「妳看，連侍女都為妳擔心成這樣子，妳就想想妳父母吧。」

朱顏心裡一個「咯噔」，也是有些後怕，卻還是嘴硬，微微哼了一聲嘀咕：「還……還不是因為你？否則我早就逃掉了。」

「說什麼傻話？」時影終於抬起頭正眼看著她，眼神嚴厲起來。「妳是赤之一族的唯一繼承人，難道因為一門不合心意的婚事，就打算裝死逃之夭天？」

「一門不合心意的婚事還不夠嗎！」朱顏再也忍不住，憤然頂嘴：「換了讓你去娶一個豬一樣的肥婆你試試看？」

時影看了她一眼，不說話。

朱顏被他一看，頓時又心虛。是了，以師父的脾氣，只要覺得這事必要，無論是娶母豬還是母老虎，他估計還是做得出來吧？不過，九嶷的大神官反正不能娶親，他也沒這個煩惱。

「總有別的解決方法。」時影重新低下頭去，臨窗寫信，淡淡說道：「妳已經長大了，不要一遇到事情就只知道逃。」

「那你讓我怎麼辦？」她跺著腳，氣急敗壞地說：「父王怎麼也不聽我的，帝都的旨意也下來了。我沒在天極風城就逃掉，撐著來到這裡，已經很有擔當了好嗎？」

時影想了一想頷首。「說得也是。」他穩穩地轉腕，在信箋上寫下最後一個字，淡淡說了一句：「其實妳若是不願意，大可以寫信告訴我。」

什麼？朱顏微微愣了一下，以為自己聽錯。自從她下山，師父就沒再理睬過她。五年來她寫了很多信給他，他從來都沒有回覆過一句。她以為他早就不管她的死活，此刻居然來了這一句？

「妳要是早點寫信給我，也就沒這事了。」時影淡淡說著，寫完最後一個字。

「真的？你幹嘛不早說！」朱顏愕然，忍不住讚嘆一聲。「師父，沒想到你手眼通天啊！九嶷神廟裡的大神官，權力有這麼大嗎？」

七千年前，空桑人的先祖星尊大帝驅逐冰族、滅亡海國，一統雲荒建立毗陵王朝，將自己和白薇皇后的陵墓設在九嶷山帝王谷，並同時設立神廟。從此以後，空桑歷代的帝后都安葬於此。每隔三年，帝君會率領六部王室前往九嶷神廟舉行盛大的祭祀典禮。

一般來說，被送到九嶷神廟當神官的多半是六部中沒落的貴族子弟，因為他們無法繼承爵位，也分不到什麼家產，剩下唯一的出路便是進入九嶷神廟修行，靠熬年頭爬階位，謀得一個神職，或許還有出頭之日。

她不知道師父是出身自六部的哪一部，但既然被送到九嶷，肯定不會是什麼得勢的人家。而且說到底，九嶷神廟的神官所負責的只是祭祀先祖、守護亡靈，哪裡能對王室的重大決定插手？

然而，時影並沒有回答她的提問，忽然咳嗽了幾聲，從懷裡拿出手巾擦拭一下嘴角，潔白的絲絹上頓時染了淡淡的緋紅。

「師……師父！」朱顏吃了一驚，嚇得結結巴巴。「你受傷了？」

「不妨事。」時影將手巾收起，淡淡說道。

她愣愣地看著他，不可思議地喃喃說：「你……你也會受傷？」

「妳以為我是不死之身？」他冷淡地看了她一眼。「以一人敵萬人，是那麼容易的事嗎？」

她一時間不敢回答，半晌才問：「剛、剛才那一招定住萬箭的術法，叫什麼啊……為啥你沒教給我？」

「沒有名字。」時影淡淡說：「是我臨時創出來的。」

朱顏又噎了一下，嘀咕：「那一招好厲害，教我好不好？」

「不行。」時影看也不看這個弟子，「妳資質太差，眼下還學不了這一招。如果硬要學，少不得會因為反噬而導致自身受傷，萬萬不可。」

「這樣啊……」朱顏垂下頭去，沮喪地嘆一口氣。

是的，那時候師父空手接箭，萬軍辟易，看上去威風八面，其實她也知道這種極其強大的術法，同時伴隨著極大的反噬，恐怕只一招便要耗費大半真元。但從小到大，除了在夢魘森林那一次之外，她從沒見過師父受傷，漸漸便覺得這個人是金剛不壞之身。

時影專心致志地寫完信，拿起信箋迎風晾乾。

朱顏湊過去，想看他寫的是什麼，他卻及時將信收了起來。她覺得有點奇怪，卻也不敢多打聽。師父的脾氣一貫是嚴厲冷淡，對於她那種小小的好奇心和上躥下跳的性格，多半只會迎頭潑一桶冷水。

時影將信箋折成一隻紙鶴，輕輕吹一口氣，紙鶴便活了，展開雙翅朝著金帳外翩然飛去。這種紙鶴傳書之術是術法裡築基入門的功夫，她倒也會，就是折得沒這麼好看、這麼輕鬆，那些鶴不是瘸腿就是折翅，飛得歪歪斜斜，撐不過十里路。

看著紙鶴消失在風雪裡，時影沉默了片刻，忽然開口：「話說，妳到底想要嫁一個什麼樣的夫君？」

朱顏沒想到他突然有這一問，不由得愣了一下：「啊？」

「說來聽聽。」時影負手看著帳外風雪，臉上沒有表情，淡淡說道：「下次我讓赤王先好好挑一挑，免得妳又來回折騰。」

「哎呀，我喜歡……」她本來想脫口說喜歡淵那樣俊美又溫柔的鮫人，話到嘴邊卻忽然閉了嘴——師父的性格一向嚴厲古板，如果知道她為一個鮫人奴隸神魂顛倒，還不罵死她？而且父王再三叮囑過不能對外提及這件家醜，否則打斷她的腿。

「我……我覺得……」想到這裡，她立刻乖覺地改口掩飾，順便改為大拍馬屁：「像師父這樣的就很好啊！」

時影眉梢一動，眼神凌厲地看過來。她嚇了一跳，連忙將脖子一縮——怎麼？難道這馬屁是拍到了馬腿上嗎？

「別胡說。」時影冷冷道：「神官不能娶妻。」

「我知道、我知道……」她連忙補救，把心一橫，厚著臉皮道：「我的意思是，既然看過師父這樣風姿絕代、當世無雙的人中之龍，縱然天下男子萬萬千，又有幾個還能入我的眼呢？所以就耽誤了嘛！」

這馬屁拍得她自己都快吐了，時影的臉色卻緩了一緩。

「不能用這樣的標準來要求妳父王。」片刻，卻聽時影嘆了口氣。「否則妳可能一輩子都嫁不出去。」

什麼？要不要這樣給自己臉上貼金啊？還說得這麼理所當然。朱顏暗自吐了一口血，硬生生才把這句嘀咕吞下去，卻聽到他又說：「赤王就妳一個女兒，妳怎麼和我弟弟一樣，都這麼不令人省心？」

弟弟？朱顏不由得有些意外。這個從小就在神廟修行、獨來獨往的師父，居然還有個弟弟？他難道不是個無父無母、從石頭裡蹦出來的天煞孤星嗎？

「你有個弟弟？」朱顏忍不住好奇，脫口而出：「他是做什麼的？」

時影沒回答她的問題，只是看了她一眼，那眼神頓時令她脊背發冷，把下面的話都咽下去。她生怕觸了師父的逆鱗，連忙找了個新話題：「那……那你這次來西荒，是一早就知道大妃的陰謀嗎？」

「嗯。」他淡淡回答。

「是通過水鏡預見的，還是通過占卜？」她有些好奇，纏著他請教：「這要怎麼看？」

時影只回答兩個字：「望氣。」

「哦……是不是因為施行邪術必須要聚集大量生靈，他們藏了那麼多人甕在這裡，怨氣沖天，所以能感受到這邊很不對勁？」她竭力理解師父的意思，但還是百思不得其解。「可是，你又怎麼知道我要逃婚？這事我是半路上才決定的，也只告訴玉緋和雲縵。連母妃都不知道，你又是怎麼提前知道的？這難道也能望氣？」

「不能。」他頓了一下，冷著臉回答：「純粹巧合。」

她一下子噎住了。

原來他不是為了幫她度過難關才來這裡？只怕他這五年來壓根兒沒想過自己吧。想起母妃還曾經讓自己逃到九嶷山去投靠這個人，她心裡不由得一陣氣苦，腦袋頓時耷拉下去，眼眸也黯淡了。

時影看著她懨懨的表情，終於多說幾句話：「我最近在追查一件關於鮫人的事情，所以下山一趟。」

「哦，原來是這樣。」她點頭。能讓師父破例下山，肯定是什麼了不得的大事吧？但是他既然不肯明說，自然問了也問不出什麼名堂，朱顏想了想，又納悶地問：「可是……為什麼只有你一個人來？」

時影耐著性子解答她的疑問：「尚未有證據之前，不好擅自驚動帝都，所以只能孤身前來打探一下情況。我來查了半個月，一點頭緒都沒有，幸虧昨晚妳逃婚，事出突然，逼得他們陣腳大亂露出了破綻。」

朱顏一下子怔住。「你……你不是說奉了帝都之命才來的嗎？還說大軍馬上就要到……」

時影冷冷道：「那時候若不這麼說，怎能壓得住軍隊？」

「太危險了！」她忍不住叫了起來，只覺得背後發冷。「萬一柯爾克那時候心一橫，選擇造反，那麼多軍隊，我們……我們兩個豈不是都要被射成刺蝟？」

「猜度人心是比術法更難的事，柯爾克是怎樣的人，我心裡有數。」他淡淡道：「妳對自己沒信心就罷了，對師父也沒信心？」

她立刻閉嘴，不敢說什麼。

「這裡的事情處理完，我也得走了。」時影站起身來，「剛剛我修書一封，告訴妳父王這邊的情況，相信他很快就會派人來接妳回去。」

「什麼？你……你出賣我！」她沒想到剛才那封信裡寫的居然是這個，頓時氣得張口結舌。「我明明說過不回去的，你還叫父王來抓我？你居然出賣我！」

時影蹙眉說：「妳父王統領西荒，所負者大，妳別添亂。」

「反正我不回去！」朱顏跺了跺腳，帶著哭音說：「死也不！」

話音未落，她撩起金帳的簾子，往外便衝——是的，就算是逃婚沒成功，她也不想再回到天極風城的王府裡。回去了又會被關在黃金的籠子裡，被嫁出去第二次、第三次，直到父王覺得滿意為止。

既然都已跑出來，又怎麼能回去？

然而剛走出沒幾步，身體忽然一緊，有什麼拉住她的腳踝。朱顏本能地想拔下玉骨反抗，然而腳下忽然生出白色藤蔓，把她捆得結結實實，「唰」地拖了回來，重重扔在帳子裡的羊皮毯子上，動彈不得。

時影的語聲變得嚴厲：「別不懂事！」

她被捆著橫拖回來，滿頭滿臉的雪和土，狼狽不堪，氣得要炸了，不停掙扎。然而越是掙扎那條繩索就捆得越緊，她不由得失聲大罵：「該死的，你……你居然敢捆我？連爹娘都不敢捆我！你這個冷血的死人臉，快放我出去！不然我——」

然而話說到一半，忽然間剎了車。

「再敢亂叫，小心挨板子。」時影低下頭，冷冷看著她，手裡赫然出現一把尺子一樣的東西，卻是一枚玉簡。

那一刻，朱顏嚇得倒抽一口冷氣，頓時聲音都沒了。這只玉簡，是師父手裡變幻萬端的法器，有時候化為傘、有時候化為劍，但是當它恢復原形的時候，便是她童年時的噩夢。

因為這經常意味著，她要挨板子了。

在九嶷山的那四年裡，她因為頑劣，幾乎是隔三差五就要挨一頓打。背不出口訣、畫不對符籙、出去玩了沒有修練、修練得不對走火入魔……大錯小錯，只要一旦被師父逮住，輕則打手心，重則打屁股，每次都痛得她哭爹喊娘要回家，奈何天極風城遠在千里之外，真是叫天天不應、叫地地不靈。

時隔多年，如今再看到這只玉簡，她依舊是後背一緊。

「你……你敢打我？我又不是八歲的小孩子了！」她氣急，嚷了起來：「我十八歲了！都死過一個丈夫！我是赤之一族的郡主！你要是敢打我，我……我就……」

他皺了皺眉頭問：「就怎麼？」

她這點微末功夫，還能威脅他？

然而朱顏氣急了，把心一橫大聲道：「你要是敢打我，我就叫非禮！我把外面的人都叫進來！有那麼多人在，看你還敢不敢當眾打我？」

時影的臉倏地沉了下來，玉簡停在半空。

「不信你試試？快放了我！不然我就喊人過來了！」她第一次見到師父猶豫，心裡一喜，不由得氣焰更旺。「來人啊！非——」

話音未落，玉簡重重落在她的後背。

她吃痛，一下子大叫起來，想叫玉緋和雲縵進來救命，卻發現嘴裡被無形的東西封住，吐出的每一個字都消失在唇邊，變成極輕極輕的囈語。她知道師父在瞬間釋放結界，心下大驚，竭盡全力掙扎，想破除身上的禁錮，卻絲毫不管用。

玉簡接二連三落下，發力極重，毫不容情。她只痛得齜牙咧嘴，拚命叫喊掙扎，然而越是掙扎繩子就越緊。

這樣的責打，自從她十三歲回到王府之後就從未有過。

她本來還想硬撐著，但他打得實在重，她痛得在地上滾來滾去，又羞又氣，拚盡全力罵他——該死的傢伙，居然還真的打她？想當初，他的命還是她救的呢！早知道他這樣忘恩負義，不如讓這個沒人性的傢伙早點死掉算了！

那一瞬，玉簡忽然停住了。

「妳說什麼？」時影似乎聽到她被堵在喉嚨裡的罵聲，看著她冷冷不說話，神色卻極為可怕。「忘恩負義？沒人性？早點死掉算了？」

什麼？他……他又對自己用了讀心術？趁著那一瞬的空檔，她終於緩過一口氣，用盡全力發出聲音來，卻只是顫巍巍地開口求饒：「別……別打了！師父，我……我知錯了！」

是的，她一貫乖覺，明知打不過又逃不掉，不立刻服軟還能怎麼辦？要知道師父會讀心術，她連暗自腹誹一句都不行，只能立刻求饒認錯。

他應聲收住了手，冷冷看著她問：「錯在哪裡？妳倒是說說看。」

朱顏癱倒在白狐毯子上，感覺整個後背熱辣辣地痛，又羞又氣又痛，真想跳起來指著他大罵。然而知道師父動了真怒，好漢不吃眼前虧，她只能扭過臉去，勉勉強強說一句：「我……我不逃婚了還不行嗎？」

「只是這樣？」時影冷笑一聲，卻沒有輕易放過她。

「那還要怎樣啊！」她終於忍不住滿心的委屈，爆發似地大喊起來。「我一沒作奸犯科，二沒殺人放火，三沒叛國投敵！我……我不就是想逃個婚嗎？你打也打了、罵也罵了，我還錯在哪兒？」

他眉梢動了一動，嘆了口氣，蹲下來看著她，用玉簡點著她的額頭。「還挺理直氣壯？好，那讓我來告訴妳錯在哪裡——」他的聲音低沉冷酷，一字一句道來：「身為赤之一族郡主，平時受子民供養，錦衣玉食，享盡萬人之上的福分，卻絲毫不顧王室應盡之義務，遇到不合心意之事，只想著一走了之。這是其一！」

他每說一句，就用玉簡敲一記她的手心。她痛得要叫，卻只能硬生生忍住，眼淚在眼眶裡亂轉，生怕一哭鬧就被打得更厲害。

「不管不顧地在蘇薩哈魯鬧出這麼大的亂子，死傷無數，卻不及時寫信告知家人，讓父母為妳日夜懸心，甚至以為妳已經死了。羔羊跪乳、烏鴉反哺，妳身為王室之女，反而忘恩負義。這是其二！」

第二下打得更重，她終於「哇」一聲哭了，淚水滾滾滴落，掉在他的手背上。時影皺著眉頭，聲音冷得如同冰水裡浸過，繼續往下說：「犯錯之後不思改過、不聽教誨，居然還敢恐嚇師尊、出言詆毀。這是其三！現在妳知道錯在哪裡了嗎？挨這一頓打，服不服氣？不許哭！」

她打了個哆嗦，硬生生忍住眼淚，連忙道：「我知錯了！服氣，服氣！」

時影卻看著她，冷冷說：「說得這般順溜，定非誠心。」

朱顏幾乎又要哭出來了，拚命搖著頭。「徒兒真的不敢了……真的！我知錯了，求師父放了我吧！」

時影放下玉簡看了她一眼道：「那還想不想咒我死了？」

「不……不敢了。」她哆嗦一下，繼續撥浪鼓一樣地搖頭。她剛才也就是一時被打急了，口不擇言而已。

他看著她，神色卻忽然軟下來，嘆了口氣說：「不過，妳的確救過我的命……如果不是妳，我那時候就死在蒼梧之淵了。」

她沒想到他會有這句話，一時間僵著滿臉的淚水，倒是愣了一下。

五年前，將失去知覺的師父從蒼梧之淵拉出來，她又驚又怕，也是這樣滿臉的眼淚——十三歲的女孩哆哆嗦嗦地揹著他，深一腳淺一腳地在森林裡狂奔，不停跌倒又不停爬起。

他們在密林裡迷路，他一直昏迷不醒。她足足用了一個月，才徒步穿過夢魘森林，拉著奄奄一息的他回到九嶷神廟。其中的艱險困苦，一言難盡。當時那麼小的她，卻在九死一生之際也不曾放棄他。

那之後，他才將玉骨贈予她。

那時候，她剛剛滿十三歲，開始從孩子轉變為少女。五年不見，她已經出落得亭亭玉立，然而當長刀對著他迎頭砍下來的時候，這個丫頭依舊想都不想地衝了上來，不顧一切地赤手握住砍向他咽喉的刀鋒。

這個剎那，她爆發出來的力量，和多年前幾乎一模一樣。

時影嘆了口氣，將她扶起來，看著她滿臉的眼淚，忽然覺得不忍——是自己的問題嗎？那麼多年來，他一直獨來獨往，不曾學習怎樣與人相處，無論是對自己還是對別人，一貫都要求得近乎苛刻。他是有多麼不近情理，才會將好好的弟子逼得來咒自己死？

看著師父的眼神柔軟下來，朱顏暗自鬆一口氣，心中有小小的僥倖。師父心軟氣消了，看來這次終於不用挨打……不過這筆帳，她可不會忘記！

「疼嗎？」時影嘆了口氣問。

「不……不疼。」她心裡罵著，嘴裡卻不敢說一句。

「不要不懂事。」他神色柔和下來，語氣卻還是嚴厲。「妳已經十八歲，身為郡主，做人做事，不能再只顧著自己。」

「是……是。」她連連點頭，頓了頓後小心翼翼地問：「那……現在可以放開我了嗎？」

誰教她技不如人，被人打了連發個脾氣都不敢。她發誓從今天起一定好好修練，學好術法，下次絕對不能再這樣任人蹂躪。

時影看了她一眼，她連忙露出溫順無辜的表情，淚汪汪地看著他：「真的好疼啊！」

他沉吟一下，手指一動，捆住她的繩索瞬間落地，接著卻是手指一圈，一道流光將金帳團團圍住。

「啊！」她失聲驚呼，滿懷失望——這傢伙鬆了她的綁，卻又立刻設下結界！

時影站起來對她道：「這邊的局面已經控制住了。我讓空寂大營裡的江臣將軍帶精銳前來，暫時接管蘇薩哈魯，其餘的事等赤王到來再做處理。」他走出帳外吩咐侍從幾句，又回轉了過來說：「妳就在這兒好好待著吧。玉緋和雲縵可以進來服侍妳，其他人一律不許靠近。」

她心裡一驚，忍不住問：「啊？你……你這就要走嗎？」

「是。我追查的線索在這裡中斷了，得馬上回去，後面還有很多事情要處理。」他頭也不抬地收拾著簡單的隨身行李。「妳先在這裡待著。等妳父王到了，這結界自然會消除。」

「我……我捨不得師父走啊！」她拚命忍住怒氣，討好地對他笑，可憐兮兮地說：「都已經五年沒見到師父，怎麼才見一面就要走？不如讓阿顏跟著您一起去吧……無論天涯海角，我都跟著師父！」

他看了她一眼，竟似微微猶豫一下。

有戲！她心下一喜，連忙露出更加乖覺可憐的樣子。不管三七二十一，先過了眼前這一關再說。無論如何，跟著師父出去外面晃一圈，總比留下來被父王押回去要好。

然而時影沉吟了一會兒，搖了搖頭說：「不行。接下來的事很危險，不能帶上妳。妳還是先回赤王府吧。我們還會再見面的。」

朱顏知道師父說一不二，再囉唆估計又要挨打，想了一想只能擔心地問一句：「那……你、你在信裡，沒對父王說我那天晚上正準備逃婚吧？」

他淡淡看了她一眼。「沒有。」

「太好了！我就知道師父你不是多嘴的人！」她鬆一口氣，幾乎要鼓掌雀躍，卻看到他從懷裡拿出一本書，鄭重地遞給她。「這五年裡，妳在術法上的進境實在太慢了。憑著妳的天資，不該是如此。妳回頭仔細看看我寫的筆記，應能有些突破。」

「謝謝師父！」她不得不接過來，裝出一個笑臉。

「好好修習，不要偷懶。」他最後還給她布置了個任務，點著她的腦袋肅然道：「等下次見面，我要考妳的功課。」

「是……是。」她點頭如啄米，心裡卻抱怨了千百遍。

時影看了她一眼，不知道想起什麼，又將那一本書拿回來，「唰」的一聲將最後一頁撕下來。「算了，最後這一項妳還是不學為好。」

「嗯！」她一聽說可以少學，自然滿心歡喜，完全沒問撕掉的是什麼內容。

「你……」時影看了看她，似乎還有些不放心，卻最終只是輕不可聞地嘆了口氣，沒有再說什麼。

他撐開傘，轉身走出金帳。雪花落在繪著白薔薇的傘上。重明神鳥從天而降，落在雪原上。

他執傘登上神鳥的背，於風雪呼嘯中逆風而起，一襲白衣獵獵，如同神明一樣俊美高華。大漠上的牧民發出如潮的驚嘆，紛紛跪地匍匐禮拜，視為天神降臨。

她在帳篷裡遠遠看著，忽然間便是一個恍惚。

思緒陡然被拉回十年前。

第五章　初遇

回想起來，第一次遇見時影，她才只有八歲。

那時候，身為赤之一族的唯一郡主，她第一次離開西荒，跟隨父王到了九嶷神廟。在那之前，她剛剛度過一次生死大劫，從可怖的紅藫熱病裡僥倖逃生，族裡的大巫說父王在神靈面前為她許下重願，病好之後，她必須和他一起去九嶷神廟感謝神的庇佑。

聽說能出門玩，孩子歡呼雀躍，卻不知竟然要走一個多月才能來到九嶷。那個供奉著雲荒創世雙神的神廟森嚴宏大，沒有一個女人，全都是各地前來修行的神官和侍從，個個板著一張臉，不苟言笑。

待兩天她便覺得無聊極了，趁著父王午睡，一個人偷偷在九嶷山麓遊蕩。看過了往生碑上的幻影，看過了從蒼梧之淵倒流上來的黃泉之瀑，膽大包天的小孩子竟然又偷偷地闖入神廟後方的帝王谷禁域。

那個神祕的山谷裡安葬了歷代空桑帝后，用鐵做的磚在谷口築起一道牆，澆築了銅汁，門口警衛森嚴，沒有大神官的准許誰都不能進入。天不怕地不怕的她偷偷跑了過去，東看西看，忽然發現那一道門居然半開著，連一個守衛都沒有。

天賜良機！孩子一下子歡呼雀躍起來，想也不想便從那一道半開的門裡擠了進去，一路往前奔跑。

帝王谷裡空無一人，寬闊平整的墓道通往山谷深處，一個個分支連著一座座陵墓，年代悠久，從七千年前綿延至今。孩子膽子極大，對著滿布山谷的墳墓毫無懼怕，只是一路看過去，想要去深谷裡尋找傳說中空桑始祖星尊大帝的陵墓。

忽然間，她聽到一聲厲嘯——空無一人的帝王谷深處，有一隻巨大的白鳥從叢林裡振翅飛起，日光下，羽毛如同雪一樣潔白耀眼。

神鳥！那是傳說中的重明神鳥嗎？

膽大的孩子頓時瘋狂了，朝著帝王谷內狂奔而去，完全沒有察覺這一路上開始漸漸出現打鬥的痕跡，有刀兵掉落在路邊草叢，應該是剛進行過一場慘烈的搏殺。

她跑了半個時辰，終於氣喘吁吁地跑到那隻白鳥所在的位置。還沒來得及靠近，那隻白鳥就霍然回過頭，睜開了眼睛狠狠盯住她——那隻美麗的鳥居然左右各長著兩顆眼睛，鮮紅如血，如同妖魔一樣。

牠的嘴裡還叼著一個人，只有半截身體，鮮血淋漓。

「啊呀！」孩子這才覺得害怕，往後倒退一步，跌倒在地。

這隻神鳥，怎麼會吃人？牠……牠是妖魔嗎？

她驚叫著轉過身，拔腿就跑。然而那隻白鳥惡狠狠地看過來，發出一聲尖厲的叫聲，展翅追來，對著這個莽撞的孩子，伸出脖子就是凌空一啄。

她失聲驚呼，頓時騰雲駕霧飛了起來。

「住手！」有人在千鈞一髮之際從天而降，揮手將她捲入袍袖，另一隻手「唰」地抬起，併指擋住重明神鳥尖利的巨喙。

那隻巨大的神鳥，居然瞬間乖乖地低下頭。

她驚魂方定，縮在他的懷裡，抬起頭看了來人一眼——如果不是這個人，她大概已經被那隻四眼大鳥一啄兩斷，當作點心吞吃了吧。

那是一個十六、七歲的少年，面容清俊，穿著白袍，腰墜玉佩，衣衫簡樸，高冠廣袖，竟是上古款式。整個人看上去也淡漠古雅，像是從古墓裡走出來的一樣。

她嚇了一跳，不由得脫口而出：「你……你是活人還是死人？」

那個少年沒有說話，只是皺著眉頭看了懷裡瑟瑟發抖的孩子一眼。「你是誰？怎麼進來的？」

他的手是有溫度的，心在胸膛裡微微跳躍。她鬆一口氣，嘀咕：「我……我叫朱顏，跟父王來這裡祭拜神廟。看到那道門開著，就進來了……」

少年看了她一眼，視線落在她衣角的家徽上，淡淡道：「原來是赤之一族的人。」

「嗯！你又是誰？怎麼會待在這裡？」她點了點頭，心裡的恐懼終於淡了，好奇地打量著這個忽然出現在深谷裡的清秀少年，眼睛亮了一下，忽然抬起手。「哎呀，你這裡有個美人尖！」

在她的手指頭戳到他額頭之前，他一鬆手，把她扔下地來。孩子痛呼一聲，摔得屁股開花，幾乎要哭出來。

少年扔掉她，拂袖將重新探頭過來搶食的大鳥打了回去，低斥：「重明，別動。這和剛才那些人不是一夥的，不能吃！」

被阻止之後，那隻有著四顆眼睛的白鳥就恨恨地蹲回去，盯著她看。牠尖利的嘴角還流著鮮血，那半截子的人卻已經被吞下去。朱顏忍不住發出一聲驚呼，往少年後面躲了一下。這裡周圍散落著一地兵器，草木之間鮮血淋漓，布滿殘肢斷臂，似是剛有不少人被殺。

「這……這是怎麼回事啊？」孩子被嚇壞了，結結巴巴地問。

「沒什麼。」少年淡淡道：「剛才有刺客潛入山谷，被重明擊殺了。」

「是嗎？牠……牠會吃人！」她從他身後探出身，小心翼翼地看了一眼那隻雪白的大鳥。「牠是妖魔嗎？」

「只吃惡人。」少年淡淡說道：「別怕。」

重明神鳥翻著白眼看著孩子，喉嚨裡發出「咕嚕」聲。

「咦，牠叫起來好像我養的金毛犼啊！是你養的嗎？」孩子天真無邪，一下子膽子又大起來，幾乎牛皮糖一樣地黏了上去，摸了摸白鳥的翅膀。「可以讓我拔一根羽毛嗎？好漂亮，裁了做衣服一定好看！」

重明神鳥不等她靠近，翅膀一拍，捲起一陣旋風便將她摔了個跟斗。

如今回想，這就是後來牠一直不喜歡她的原因吧？因為從剛一照面的時候開始，她就打著鬼主意一心要拔牠的毛。

那個少年沒有接她的話，冷冷看了八歲的孩子一眼，忽然皺著眉頭，開口問了一句：「你是男孩還是女孩？」

「當然是女孩！難道我長得不漂亮嗎？」她有些不滿地叫了起來，又看了看白鳥，拉著他的衣襟。「大哥哥，給我一根羽毛做衣服吧！好不好？」

「是女孩？」那個少年沒有理睬她的央求，身子猛然一震，眼神變得有些奇特。「怎麼會這樣……難道預言要實現了？」

「什麼預言？」她有些茫然，剛問了一句，卻打了個寒顫——少年的眼神忽然變得非常奇怪，直直地看著她，瞳孔似乎忽然間全黑了下來。他袍袖不動，然而袖子裡的手悄無聲息地抬起來，向著她的頭頂緩緩按下。

手指之間，有鋒利的光芒暗暗閃爍。

「怎麼了？大哥哥，你……你怎麼抖得這麼厲害？」八歲的孩子不知命在旦夕，只是懵懂地看著少年，反而滿是擔心。「是不是生病了？你一個人住在這裡嗎？我替你去叫大夫來好不好？」

孩子關切地看著他，瞳子清澈如一剪秋水，映照著空谷白雲，璀璨不可直視。那一刻，少年的手已經按住她的頭頂，微微抖了片刻，卻忽地頹然放下，落在她一頭柔軟的長髮上摸了摸，發出一聲長長的嘆息。

「怎麼啦？為什麼唉聲嘆氣？」她卻莫名其妙，不知道自己片刻之間已在鬼門關走了一個來回，只是抱怨：「你是捨不得嗎？那隻四眼鳥有那麼多羽毛，我只要一根，難道也不可以？好小氣！」

少年的眼眸重新恢復冷意，只是看了她一眼，便隨手把這個鬧騰的孩子拎起來，低聲自語：「算了，只是個小孩罷了，說不定不殺也不妨事吧？」

「什麼？」她嚇了一跳，「你……你要殺我嗎？」

那個少年沒有理睬她，只是把她拎起來，重新扔回圍牆外面，並且嚴厲地警告她：「記住，絕對不能告訴別人妳今天來過這裡，更不能告訴別人妳見過我！擅闖帝王谷禁地，是要殺頭的！」

孩子被嚇住了，果然不敢和人說起這件事，但好奇心卻忍不住，只能遠遠繞著圈子，向旁邊的人打聽消息：「哎……我昨天跑到山上玩，遠遠地看到山谷裡有個人影。為什麼在那個都是死人的山谷裡，居然還有個活人？」

好奇的孩子回去詢問神廟裡的其他侍從，才知道這個居住在深谷裡的少年名叫時影，是九嶷神廟裡的少神官。今年剛剛十七歲，卻已在九嶷神廟修行了十二年，靈力高絕、術法精湛，被稱為雲荒百年來僅見的天才。他平時獨居深山，布衣素食，與重明神鳥為伴，除了大神官之外從不和任何人接觸。

「記著，妳遠遠看看就行，可別試圖去打擾他。」神廟裡的侍從拍著八歲孩子的頭叮囑：「少神官不喜歡和人說話，大神官也不允許他和任何人說話，凡是和他說話的人都要遭殃！」

然而，她生性好動好奇，哪肯善罷甘休？

第二天，朱顏就重新偷偷跑到了圍牆邊，見那道門已經關閉了，她便試圖爬過去。然而剛一爬上去就好像被電了一下似的，「哎呀」一聲掉落回地上，痛得屁股要裂成四瓣——怎麼回事？一定是那個哥哥做的吧？他是防著她，不讓她跑進去拔了那隻四眼鳥的毛嗎？

朱顏急躁地繞著圍牆走來走去，卻一點辦法也沒有，最後只能爬上谷口另一邊的斷崖，俯視著山谷裡的那個人，大呼小叫、百般哀求，想讓他帶自己進谷。然而不但重明神鳥沒有理會這個孩子，連那個少年都沒有再和她說過一句話，似乎是個天生的啞巴一樣。

她喊了半天覺得無聊了，便洩氣地在樹下坐了下來看著他們。

帝王谷極其安靜，寂靜若死，一眼望去蔥蘢的樹木之間只有無數陵墓，似乎永遠都沒有活人的氣息。

那個少年修行得非常艱苦，無論風吹日曬，每天都盤腿坐在一塊白色岩石上，閉目吐納，餐風飲露。坐著坐著，有時候他會平地飛起來，張開雙臂，飛鳥一樣迴旋於空中；有時候他會召喚各種動物前來，讓牠們列隊起舞，進退有序；有時候他張開手心，手裡竟會開出蓮花，然後又化為各色雲彩……

孩子只看得目瞪口呆，心馳神往。

「教教我！」終於有一天，她忍不住趴在山上，對著他叫了起來。「求求你，大哥哥！教教我好不好？」

他沒有理睬她，彷彿這個煩人的孩子並不存在——赤王的獨女惹不起，反正過不了幾天，她便會和父親回去封地。

那一天，雨下得很大，帝都有使者來到九嶷，應該是帶來一個不好的消息，父王臉色凝重，和其他人都聚集到神殿，一去便是一天一夜，留下孩子一個人。一旦得了空，她便又偷偷跑出去，來到後山的帝王谷。

這一次，她卻沒有在那塊白色岩石上看到他。

孩子不由得有些詫異。平時就算下雨颳風，他也是勤修苦練從不缺席，今天怎麼偷懶了呢？難為她還冒雨跑來看他。

她趴在山上看了半天，什麼都看不到，只能垂頭喪氣地打傘離開。

然而在轉身的剎那，有什麼勾住她的衣角。回頭看過去，孩子頓時被嚇得驚叫起來——頭頂的雨忽然消失，有四顆巨大的眼睛從山崖下升起來，定定看著她，瞳孔血紅。

「哎呀……四眼鳥！」她失聲驚叫，想要逃跑。

然而在驚叫聲裡，重明神鳥用巨喙叼住小女孩的衣襟，將她整個人一把提起，展翅騰空而去。

她尖叫著拚命掙扎，轉瞬卻毫髮無傷地落在一個地方。

那是離那塊岩石不遠處的一堵斷崖，崖下有個凹進去的石窟，重明神鳥叼起她，將她輕輕放在洞口，然後盯著她，對著裡面歪了歪頭。

「嗯？」她不禁往裡頭看了一眼，「那裡面有啥？」

神鳥用巨喙把小女孩往裡推了推，發出低聲的「咕咕」聲，竟然是透出一絲哀求之意，眼裡滿是憂慮。

朱顏愣了一下問：「你想讓我進去？為啥？」

神鳥又叫了一聲，四顆眼睛一動不動地看著她，忽然轉頭，啄下了翅膀上一根羽毛，輕輕蓋到她身上，又轉頭看了看石窟裡面。

「啊？」她明白過來了，「這是你給我的報酬？」

神鳥點了點頭，繼續緊張地望著裡面，卻又不敢進去。

「到底怎麼了？」朱顏人雖小膽子卻大，撓了撓頭便走了進去。

石洞的洞口很小，只容一個人進出，地上很平整，顯然有人經常走過。道路很黑，她摸索著石壁，跌跌撞撞走了很久才走到最裡面。最裡面豁然開朗，有一個小小的石室，點著燈，乾淨整潔，地上鋪著枯葉，有一條舊毯子、一個火塘，很像是她在荒漠裡看過的那些苦行僧侶的歇腳處。

那個大哥哥是一個人住在這裡嗎？豈不是過得很辛苦？

她一直走進去，終於在洞窟深處看到那個少年。他坐在一個石台上面對牆壁，微微低著頭，好像在盤膝吐納，一動不動。

「咦？你在這裡呀？」她有點詫異，卻鬆了口氣。「今天怎麼不出去練功？你家的四眼鳥好像很擔心你的樣子……喂？」

他對著石壁，一直沒有說話。

不會是睡著了吧？小女孩走過去，大著膽子推了他一下。

「別碰我！」忽然間，少年一聲厲喝。她嚇得一哆嗦，往後倒退一步，差點撞到石壁上。

「誰讓妳進來的？」少年沒有看她，只是壓低聲音說：「滾出去！」

他的語氣很凶，朱顏卻聽出他的聲音在發抖，肩膀也在抖，似乎在竭盡全力忍耐著什麼巨大的痛苦。她不由得擔心地挪過去問：「你怎麼啦……是生病了嗎？」等湊近了，她卻不由得失聲：「天啊……你、你怎麼哭了？」

那個有美人尖的哥哥面對石壁坐著，臉色蒼白，眼角竟有淚痕；放在膝上的手微微顫抖，緊握成拳，手背上鮮血淋漓。在他面前的石壁上，一個一個密密麻麻的，全都是帶著血的掌印。

「你！」小女孩驚呆了，伸出手去，結結巴巴地問：「怎……怎麼啦？」

「滾！」彷彿再也控制不住情緒，少年狂怒地咆哮起來，在她碰到他的那一瞬，猛然一振衣袖——剎那間，一股巨大的力量洶湧而來，簡直如同巨浪，將小女孩瞬間高高拋起，狠狠朝著外面摔出去。

朱顏甚至連一聲驚叫都來不及發出，就重重撞上石壁。

只是一剎那，眼前的一切都黑了。

等她醒來的時候，已經不知道過了多久。頭很痛，視野很模糊，有人抱著她、喊著她，急切而焦慮，每一次她要睡著的時候都會搖晃她，在她耳邊不停念著奇怪的咒語，將手按在她的後心上。

「不要睡！」她聽到那個哥哥在耳邊說：「醒過來！」

漸漸，她覺得身體輕了，眼前也明亮起來。

終於，孩子醒了過來，睜開雙眼。映入眼簾的是湛藍的碧空和近在咫尺的白雲，天風拂面，那一刻，她不由得驚喜萬分地歡呼一聲，伸出手就想去抓那一朵雲。「哇！我……我在天上飛嗎？」

「別動。」有人在耳邊道，制止了她。

孩子吃驚地轉過頭，才發現自己正被那個少年抱在懷裡。耳邊天風呼嘯，他坐在神鳥的背上，緊緊抱著她小小的身體，一直用右手按在她的後心上，臉色蒼白似是極累，全身都在發抖。

這個小孩，不知道剛剛發生了多麼可怕的事情。

杳無音信十幾年，帝都忽然傳來噩耗，世上唯一至親之人從此與他陰陽相隔。任憑他苦修多年，依舊無法完全磨滅心中的憤怒和憎恨，只覺得心底有業力之火熊熊燃起，便要將心燃為灰燼。

他一個人進入山洞，將重明趕了出去，面壁獨坐，試圖平息心魔。山谷空寂，只有亡者陪伴，他無法控制地大喊、呼號，拍打著石壁，盡情發洩內心的憤怒和苦痛，直至雙手血肉模糊，卻還是無法控制住內心的憎恨。

然而這時候，這個小女孩竟然從天而降，闖入了山洞。

她走過來，試圖安慰他。然而他在狂怒中失去理智，完全控制不住自己，只是一振袖子，就將那個孩子如同玩偶一樣摔出去——當他反應過來，撲過去想要護住她的時候，已經太晚了。

他眼睜睜看著她撞在石壁上，像個破裂的瓷娃娃。

怎麼會這樣！那一刻，枯坐多日的少年終於驚呼著躍起，飛奔向她，抱著奄奄一息的孩子奔出石窟，躍上重明神鳥，不顧一切地飛向西北方的夢華峰，完全忘記片刻前吞噬心靈的憤怒和憎恨，也忘了不可出谷的詛咒。

這一路上，他不停念著咒術，維繫她搖搖欲墜的一線生機，近乎瘋狂。日落前，他終於趕到夢華峰，用還陽草將她救了回來。

當那個孩子在他懷裡重新睜開眼睛的時候，他長長鬆一口氣，淚水無法抑制地從消瘦的面頰上滑落，只覺神志已接近崩潰。

「啊？不要哭了，到……到底怎麼啦？」朱顏抬起手，用小小的手指擦拭他冰冷的臉，用細細的聲音安慰著他。「有誰欺負你了嗎？不要怕……我、我父王是赤王，他很厲害的！」

他緩緩搖了搖頭，抓住她的手，從臉上移開。然而，小女孩鍥而不捨地把小手重新挪回他的臉上。到後來，他終於不反抗了，任憑孩子將溫暖的小手停在他的額頭上。

「喏。」那個死裡逃生的孩子看著他，用一種開心的語氣說：「你有美人尖呢……我母妃也有！」

少年沒有說話，沉默地別開臉。

「母妃說有美人尖的人，才是真正的美人……可惜我沒有。都怪父王！他長得太難看了。」小女孩惋惜地摸了摸自己的額頭，又看了看他，關切地問：「怎麼了？你抖得很厲害……是不是天上太冷？你快點回地上，加一件衣服、喝一點熱湯……對了，有人給你做湯嗎？你的阿娘去哪裡了？」

她急吼吼地說著，抬手摸他的額頭，以為他發燒了。

少年沉默片刻，肩膀忽然開始劇烈顫抖，再也無法壓抑地發出一聲啜泣。

他用力抱著眼前的孩子，深深地彎下腰，將臉埋在她的衣襟上。他在一瞬間忽然失去控制，模糊不清地說著什麼，似是吶喊又似詛咒，一聲一聲如同割裂。

「怎麼啦……怎麼啦？」她嚇壞了，不停地問：「大哥哥，你怎麼啦？」

九天之上，神鳥展翅，少年埋首在她懷裡，沉默而無聲地哭泣。她驚慌失措，一次次地用小小的手指抹去他的淚水，卻怎麼也無法平息他身上的顫抖。

他的臉冰冷，淚水卻灼熱。

這個與世隔絕的孤獨少年心裡，又埋藏著怎樣的世界？

暮色四起時，他將她送回九嶷神廟。

他抱著孩子下了地，將她放回圍牆的另一邊，手指抬起，在她的眉心停了一下，似乎想施什麼術法。她看到他眼裡掠過寒光，下意識地往後退一步，露出吃驚的表情問：「大……大哥哥，你要做什麼？」

少年的手指停頓一下，淡淡說道：「我要妳忘記我，忘記今天發生的一切。」

「不要！」她一下子跳起來。「我不要忘記你！」

孩子在他懷裡扭來扭去，拚命躲避他的手指，滿臉恐懼。少年本來可以輕易制服這個小傢伙，不知為何最終還是停下手，悄然長嘆一聲：「不忘就不忘吧……說不定也是宿緣。即便將來我會真的因妳而死，今日我差點失手殺了妳，也算一飲一啄。」

孩子完全沒聽懂他在說什麼，只是奇怪地看著他。

「記住，不要告訴任何人今天發生的事情。」最後，他只講了這麼一句話。「不然，不僅是妳，連赤之一族都會大難臨頭。知道嗎？」

「嗯！我保證誰都不說！」她從他的手裡掙脫，乾脆地應了一聲，又仰起頭看著他，熱切地問：「你……你改天教我術法好不好？」

少年不置可否地看了她一眼，淡淡道：「等下次見面的時候再說吧。」

語畢，他便頭也不回地離開。她戀戀不捨地跟上幾步，叫著「大哥哥」。

然而少年已經恢復平時的冷漠淡然，再也沒有絲毫片刻前在九天之上的悲傷痕跡，就好像剛才發生的只是一場夢。

是啊……真的是一場夢呢。

師父曾經在她的懷裡哭泣？這是作夢才會發生的事情吧。

他說下次見面再教她，可是從那一天之後，她再也沒見過那個少年。無論是去那塊白色岩石上還是去那個石洞裡，都再也找不到他，連那隻四眼鳥都不見蹤影。九嶷山那麼大，他換了個地方修練，她又怎麼找得著呢？

他一定是躲著不肯見她。被人看到掉眼淚而已，難道就那麼不好意思嗎？還是她那麼惹人討厭，他為了不想教她，就乾脆躲藏起來？

這也罷了，四眼鳥送她的那根羽毛她那天忘了拿回來，他要是老不出現，她找誰去要呢？

時間一晃眼過去一個月，歸期已至，赤王一行動身離開了九嶷神廟。孩子只能空著手，悻悻跟隨父王回到西荒屬地。

一回到赤王府，她就跑去找淵，把在帝王谷遇到那個少年的事情說了一遍——別人不能說，淵總是可以的吧？從小到大，她的祕密沒有他不知道的。

淵聽了微笑起來。「阿顏好像很喜歡那個大哥哥啊，是不是？」

「才不呢！他那麼小氣！」她跺著腳嘀咕：「明明說了要給我一根羽毛的！竟然賴帳，可惡！」

淵捏了捏她皺起的鼻子，溫柔笑說：「一根羽毛而已，何必非要不可呢？」

「可是我想飛啊！像那隻白鳥那樣飛！如果不能飛，能披上鳥的羽毛也好。」她抱著淵的脖子嘟囔：「你們鮫人能在水底來來去去，我們空桑人卻什麼都不會！不會飛，也不會游！」

淵抱著她，眼神卻黯淡下去。

「怎麼會呢？」他的聲音低沉，若有所思。「你們空桑人征服了六合。連海國，都已經是你們的領土。」

回到天極風城後，日子一天天過去。她孩子心性，活潑善忘，每日裡和淵膩在一起，漸漸忘了九嶷神廟裡的那個少年。

然而，到了第二年開春，赤王府意外收到一件來自遠方的禮物——那是用絲綢包著的一個長卷軸，朱紅色的火漆上蓋著九嶷神廟的印記。

「這是什麼？」赤王有點詫異，「九嶷山來的？」

兩個侍從上前小心地拆了，「唰」的一聲展開，裡面竟然掉出兩根巨大的白羽，閃閃發光，如同兩匹上好的鮫綃，令所有人大吃一驚。

「哇……哦！」她驚得目瞪口呆。

連赤王都被這樣猝然而來的禮物驚呆了。「這是……神鳥的白羽？」

重明神鳥每一甲子換一次羽毛，這些遺羽都被收藏在九嶷神廟，潔白如雪、溫暖如絨，水火不侵、可辟邪毒，是專供帝都御用的珍品。其他藩王除非得到皇室賜予，否則沒有這樣珍貴的東西。

「居然是少神官送給妳的？」赤王急急看了落款的朱砂印章，納悶看著女兒問：「阿顏，妳是什麼時候和少神官攀上交情的？妳見過他嗎？」

她剛想說什麼，忽然想起那個大哥哥叮囑過無論和誰都不能提及當日之事的約定，連忙搖了搖頭道：「我……我沒見過他！」

「沒見過就好。」赤王鬆了口氣，卻仍是不解。「那他為何會忽然送禮物過來？」

「那……那是因為……」她小小的腦子飛快地轉動，說了一個謊：「那是因為我和重明是好朋友！」

「重明？」赤王愣了一下，「妳和一隻鳥交了朋友？」

「嗯！」她用力點頭，卻不知道該怎麼繼續圓謊。然而赤王並沒有多問，只是饒有深意地看了一眼女兒。「少神官一向深居簡出，六部諸王都沒能結交上他。妳倒是有本事……」

她卻只顧著雀躍。「快快！快裁起來給我當衣服！」

父王看著懵懂純真的女兒，眼神不知為何有些奇特，思考了片刻，才轉過身吩咐管家去叫裁縫來。

等羽衣裁好的那一天，她歡喜地穿上，在鏡子前照了又照，忽然認認真真地對父王開口：「父王，我要去九嶷神廟學術法！我要飛起來！」

一向嚴厲的父王這次居然沒有立刻反對，想了一下道：「九嶷神廟雖然有規矩不能收女人，但妳畢竟還只是個孩子而已……我私下去求一下大神官，看看能否破個例，讓妳去當個不記名的弟子，上山修行幾年。」

「太好了！」她歡呼起來，穿著羽衣旋轉，如同一隻快樂的鴿子。

那一年秋天，當九疑山的葉子枯黃時，九歲的她跟隨父親第二次去了九疑神廟。走的時候，她戀戀不捨地抱著淵的脖子，親了他一口嘟囔：「我走啦！等我學會飛了，馬上回來！」

「嗯。」淵微笑著，「阿顏那麼聰明，一定很快就學會了。」

「要去好久呢……我會很想你的。」她鬱鬱說道，手指上繞著淵水藍色的長髮嘀咕：「那裡連一個女的都沒有，全是叔叔、伯伯、老爺爺，個個都冷冰冰地板著臉，一點也不好玩。」

淵拍了拍她胖嘟嘟的臉龐，微笑道：「沒關係。阿顏笑起來的時候，連堅冰都會融化呢。」

「可是，我還是捨不得淵。」她嘀咕著：「我要好久見不到淵了！」

「來，我把這個送給妳。」淵想了想，把一件東西掛在她的脖子上。那是一個潔白的玉環，不知是什麼材質做成，似玉又似琉璃，裡面飄著一絲若有若無的紅。「這是上古的龍血，非常珍貴的東西，可辟世上所有的毒物。妳戴著它，就和我在妳身邊一樣。」

她用大拇指穿入那個玉環，骨碌碌地轉動，知道那是淵一直以來貼身佩戴的寶貝，不由得破涕而笑：「好！我一定天天帶著。」

「不要給人看到。」他輕聲叮囑：「知道嗎？」

「知道了。」她乖巧地點著頭，把那個玉環放入貼身的小衣裡。「我戴在最裡面，誰都不給看！」

可是，為什麼呢？那一刻，還是個孩子的她並沒有多想。

在九嶷神廟深處，她第二次看到那個少年。

這一次，他換下了布衣，穿上華麗盛大的正裝，白袍垂地、玉帶束髮，手裡握著一枚玉簡，靜默地站在大神官身後，俊美高華得宛如高高在上的神明，從大殿的高處看著她走進來，面容隱藏在傳國寶鼎裊裊升起的煙霧背後，看不出喜怒。

「影，這便是我跟你提過的赤王小女兒，朱顏郡主。今年九歲，誠心想學術法。」大神官從赤王手裡牽過她的小手，來到弟子的面前。「你已經滿十八歲，預言的力量消失，可以出谷授徒。你若得空便教教她吧，就讓她做個不記名的弟子。」

她怯怯地看著他，生怕他說出不要自己的話來。如果他真拒絕了，她一定會提醒他，當初他明明是答應過「等下次見面就教妳術法」的。

然而，那個少年垂下眼睛看了她片刻，只是淡淡道：「我不是個好老師，跟著我學術法，會很辛苦。」

「我不怕辛苦！」她立刻叫起來：「我可以跟你一起住山洞！」

他頓了頓，又道：「也會很孤獨。」

「不會的不會的。」她卻笑逐顏開，上去拉住他的手，幾乎是蹭到他身邊。「以前那個山谷裡只有死人，你一個人當然是孤零零的，可現在開始，就有我陪著你了呀！你再也不會孤獨！」

他的手是冰涼的，然而少年的眼眸裡，第一次有了微微的溫度。

他說：「從此要聽我的話，不能對我說謊。」

「好！」她點頭如搗蒜。

「如果不聽話，可是要挨打的。」少年終於握住小女孩柔軟的手，眼神嚴肅、一字一句對她說道：「到時候可不要哭哭啼啼。」

往事如煙，在眼前散開又聚攏。

說起來，從一開始他就說得清楚明白。身為師父，他有揍不聽話徒弟的權利，所以自己今天挨了這一頓打，似乎也沒法抱怨什麼。

朱顏在金帳裡看著師父帶重明神鳥離開，心裡一時間百味雜陳，背後熱辣辣地疼，想要站起來喝口水，卻「哎喲」一聲又坐了回去。

「郡主，妳沒事吧？」玉緋進來，連忙問。

「快……快幫我去拿點活血化瘀的藥膏來貼上！」她捂著屁股，哼哼唧唧地罵：「一定都打腫了，該死的傢伙……哎，他竟也真下得了手？」

玉緋吃驚地問：「剛才那個人是誰？」

「還能是誰？」朱顏沒好氣，「我師父唄！」

「啊？他、他就是大神官？妳以前去九嶷山就是跟著他學術法嗎？」侍女驚疑不定，看著外面乘風而去的清俊男子，忽然間「啊」了一聲，似乎明白過來。「郡主，妳昨晚逃婚，難道就是為了他？」

「啊？」朱顏張大嘴，一時愕然。

玉緋卻是滿臉恍然之色，自顧自地說下去：「如果是為了這樣的男人，倒也值得，的確比柯爾克親王英俊多了。可是，他現在為什麼又打妳一頓，自顧自地走了？難道是翻臉不認人，不要妳了嗎？」自言自語到了這裡，玉緋頓了頓，又嘆口氣說：「不過師徒相戀，本來就是禁忌……唉……」

朱顏剛喝了一口水，差點全數噴出來。

這群丫頭，年紀和她差不多，想像力倒是匪夷所思。但是……且慢！被她這麼一說，按這個邏輯解釋這幾天的事，似乎合情合理？如果父王狂怒之下怪罪她，要不要就用這個藉口順水推舟呢？反正父王也不敢得罪師父……

呸呸呸！想什麼呢？剛剛被打得還不夠嗎？

她有氣無力地在白狐褥子上翻了個身，呻吟著讓玉緋為她上傷藥。玉緋從外面拿來藥酒和藥膏，小心翼翼地撩起她的衣襟，忍不住驚呼一聲——郡主的肌膚雪白如玉、纖腰如束，可是從背部到大腿都紅成一片，腫起來有半指高，每一記抽打的痕跡都清晰可見。

「那個人的心也太狠了。」玉緋恨恨道：「幸虧郡主妳沒跟他私奔！」

胡說八道。以師父的功力，一記下去敲得她魂飛魄散也易如反掌，哪裡只會是這些皮肉傷？然而她也懶得解釋，只是蹺著腳催促：「快上藥！嘰嘰咕咕那麼多幹嘛？不許再提這個人，聽到了嗎？」

「是、是。」玉緋怕郡主傷心，連忙閉上嘴。

傷藥上完之後，背後頓時一片清涼，她不敢立刻披上衣服，只能趴著等藥膏乾。無聊之中，想起父王正在來抓她回去的路上，心裡越想越苦悶，忍不住大叫一聲，抓起面前的金杯就摔出去。

她已經十八歲，早就是個大人，為什麼不能按照自己的想法來選擇人生？只因為是赤之一族的郡主，她的自由、她的婚姻、她一生的幸福，就要這樣白白地犧牲掉嗎？這樣比起來，她和那些鮫人奴隸又有什麼區別？

作夢！她才不會真的屈服呢！

那個金杯飛出帳子，忽然凌空頓住，彷彿被什麼無形的網一攔，「唰」的一聲反彈回來，幾乎砸到她的臉上。朱顏光著背趴在白狐褥子上，被水濺了一臉，愣了半天，反應過來後只氣得破口大罵。

是的，師父大概是怕她用紙鶴傳書之類的術法去搬救兵脫身，乾脆在這裡設了結界，凡是任何和她相關的東西都會被困在裡面，哪怕只是一個經了她手的杯子。

「該死的傢伙！」她氣得撿起那個金杯，再度扔出去。這一扔她用上了破空術，然而還是「叮噹」一聲被反彈回來，在面前滴溜溜地轉。她用手捶地，恨得牙癢癢：該死，以為設了這個結界我就是網中魚了嗎？走著瞧，我一定會闖出去！

整整一個下午，她都在做這種無聊的事，折騰著手裡的杯子，扔了又撿、撿了又扔，用盡所有她知道的手段。然而，就是這樣一個小小的金杯，也無法突破師父隨手設下的那一重無形結界。

到最後，玉緋和雲縵都看得驚呆了。

「好可憐……郡主這是在幹什麼啊？」

「一定是受了太大刺激，傷心得快要瘋了！」

「是啊……剛嫁的夫君犯了謀逆大罪，全家被誅，原本約好私奔的如意郎君拋棄了她不說，居然還翻臉把她打成這樣！唉，換成是我，估計都活不下去了。」

「可憐啊。赤王怎麼還不來？我好擔心郡主會尋短見……」

侍女們縮在帳外，同情地竊竊私語。

「說什麼呢？說什麼呢！閉嘴！都給我滾！滾！」她幾乎要氣瘋了，厲聲把金杯隔著帳篷砸過去，嚇得侍女們連忙躲出去。然而她一想，又愣了一下：奇怪，為什麼她一個杯子都扔不出去，玉緋和雲縵就可以自由出入？是師父設下結界的時候，同時許可了這兩個貼身侍女進入嗎？

他倒是想得周到，生怕她餓死嗎？

她憤憤地用手捶地，手忽然砸在一個柔軟的東西上，低頭看去，卻是師父留給她的那本書。

朱顏愣了一下，拿起來隨手翻了翻。

封面上沒有寫字，翻開來，第二頁也是空空蕩蕩，只在右下角寫了「朱顏小札」幾個小字。裡面密密麻麻都是蠅頭小楷，用空桑上古時期的文字寫成，幸虧她在九嶷神廟跟了師父四年，臨摹過碑帖習過字，這才勉強看得懂。

時影的筆跡古雅淡然、筆鋒含蓄、筆意灑脫，看上去倒是很賞心悅目。

朱顏趴在金帳裡，一頁一頁翻過來，發現每一頁都是精妙而深奧的術法，從築基入門直到化境，萃取精華、深入淺出，有些複雜晦澀的地方還配了圖，顯然是專門針對她的修練情況而寫。

「這打坐的小人兒畫得倒是不錯……髮髻梳得很好看。」她托著腮，盯著上面一張吐納圖，不由得嘀咕一句：「咦？這是玉骨？上面畫的好像是我？」她用手指戳著那個小人兒頭上的玉簪，不由得咧嘴笑了。「還挺像的。」

九嶷大神官親筆所寫的心得，換了雲荒任何一個修練術法的人，只怕都願意用一生去換取其中一頁紙。然而朱顏自從學會飛之後，在家已有五年沒怎麼修練過術法，此刻看著只覺得頭暈，勉強看了幾頁就扔到一邊。

從天極風城到蘇薩哈魯，路途遙遠，大概需要整整二十天的快馬加鞭。不過父王如果著急，用上縮地術，估計三、五天也就到了。雲荒大地上，除了伽藍帝都中傳承了帝王之血的空桑帝君之外，其餘六部的王族也都擁有各自不同的靈力，只是不到不得已不會輕易動用。

父王一旦來了，自己少不得挨一頓罵，然後又要被押回王府，嚴密地看管起來，直到第二次被嫁出去……

這樣的生活何時是個盡頭？

她倒抽一口冷氣，忽然坐起來披上衣服，認認真真地將那本手札捧起來，放在膝蓋上，一頁一頁地從頭仔細看了起來。

是的，如果她想要過上屬於自己的生活，光躺在這裡抱怨罵人又有什麼用？喊破嗓子也沒有人會來救她……她必須獲得足夠的力量，像師父那樣強大的力量，才能掙脫這些束縛自己的鎖鏈！

到那時候，她才可以真的自由自在。

第六章 破陣

整整一天，朱顏郡主都沒有從金帳裡出來。

玉緋和雲縵送晚膳進來時，看到郡主居然還坐在那裡，一動不動、全神貫注地看著那本小冊子，甚至連姿勢都和中午時一模一樣，桌上的午膳也沒動過。兩人不由得相互交換一個眼神，暗自納罕。

郡主從小是個屁股上長刺、片刻都坐不住的人，什麼時候這樣安靜地看過書？該不是受了刺激之後連性格都改變吧？

侍女們不敢說話，連忙偷偷放好晚膳退了出去。然而剛到帳外面，只聽耳後一陣風，一個碗便扔了出來，差點砸中雲縵的後腦。

「郡主，怎麼啦？」她們連忙問。然而一回頭，看到朱顏捧著書，笑逐顏開地跳起來，眼神發直地看著門外，嘴裡直嚷：「妳看！扔出去了！扔出去了！我成功了……我成功了！扔出去了！哈哈哈……」

一邊說著，她一邊就往外闖，瘋瘋癲癲連拉都拉不住。然而剛衝到門口，她忽然一個踉蹌，彷彿被什麼迎面打了一拳，往後直跌了出去。

「郡主……郡主！」玉緋和雲縵不知發生什麼事，連忙雙雙趕著過去攙扶她，急問：「怎麼啦？妳……妳流血了！」

朱顏沒有說話，只是一把擦掉鼻血，死死看著金帳的門，臉色一陣青一陣白，忽然一跺腳。「我就不信我真的出不去！今晚不睡了！」

金帳裡的燈，果然徹夜沒有熄。

侍女們看著郡主在燈下埋頭苦讀，對著冊子比比畫畫，一會兒哭一會兒笑，有時候還忽地高聲吟誦、起坐長嘯，不由得也是滿頭霧水、提心吊膽。郡主怎麼變成這樣？一定是傷心得快瘋了！老天保佑，讓赤王趕緊來吧！不然要出人命了！

到了第三天夜裡，郡主還是不飲不食、不眠不休，一直翻看著手裡的書卷，臉色卻已經極差，身形搖搖欲墜，連別人和她說話都聽不見了。

玉緋和雲縵正想著要不要強行餵她喝一點東西，卻見朱顏陡然坐起來，深深吸一口氣，抬手在胸口結印，然後伸出手指對著門口比劃幾下——「唰」的一聲，只見黑夜裡忽地有光華一閃即逝，如同電火交擊。

有什麼東西在虛空裡轟然碎裂，整個帳篷都抖動一下。

她們還沒明白是怎麼回事，卻見朱顏身子往前一傾，一口血就吐在面前的書卷上。

「郡主！郡主！」玉緋和雲縵失聲驚呼，趕上前去。

「快……快！抬……抬我出去，試試看破掉沒？」她躺在侍女的懷裡，卻只是指著門外，用微弱的聲音說了最後一句話，就昏迷過去。

朱顏不知道自己那天晚上到底成功被抬出去了沒，也不知道自己昏迷多久，只知道醒來的時候，頭裂開一樣地痛，視線模糊，身體竟然一動也不能動，似乎透支了太多力氣，全身虛脫痠軟。

震醒她的，是父王熟悉的大吼——

「怎麼搞的？竟然弄成這樣！明明讓妳們好好看著她！一點用都沒有的東西！把妳們拉去葉城賣掉算了！廢物！」

玉緋和雲縵嚇得縮在一旁嚶嚶啜泣。她很想撐起身體幫她們兩個人攬過責任，卻死活無法動上一根手指頭。

怎麼回事……為何她身體那麼虛弱？

「算了算了，阿顏的脾氣妳也知道，玉緋和雲縵哪裡能管得住她？」一個溫柔虛弱的聲音咳嗽著、勸導著。「既然人沒事，那就好。」

哎呀！竟然連母妃都過來了？太好了……她又驚又喜，頓時安心大半。父王脾氣暴躁、性烈如火，唯獨對母妃處處退讓，說話都不敢大聲。這回有母妃撐腰，她挨打的可能性就少多了。

「這丫頭，我就知道她不會乖乖地成親！丟臉……太丟臉了！」父王還是怒不可遏，在金帳內咆哮如雷。「當初就想和那個鮫人奴隸私奔，現在好好給她找了個丈夫，竟然還想逃婚？我打死這個……」

父王怎麼這麼快就知道自己逃婚的事？師父明明沒去告密啊！難道是……啊，對了！一定是玉緋和雲縵這兩個膽小的死丫頭，一嚇就什麼都招了！

她聽到父王的咆哮近在耳邊，知道他衝到身邊對自己揚起了巴掌，不由得嚇得全身一緊，卻死活掙扎不動。

「住手！不許打阿顏！」母妃的聲音也忽然近在耳邊，一貫溫柔的語氣變了，厲聲道：「你也不想想你給阿顏挑的是什麼夫君！霍圖部包藏禍心，差點就株連到我們！幸虧沒真的成親，否則……咳咳，否則阿顏的一生，還不都被你毀了？阿顏要是有什麼三長兩短，我也不活了！」

父王的咆哮忽然消停。他久久不語，直喘粗氣。

太好了，果然母妃一發火，父王也怕了。

「她這回又想和誰私奔？說！」父王沒有再和母妃爭辯，霍地轉過身，把一腔怒火發洩到別處，狠狠瞪著玉緋和雲縵，手裡的鞭子揚起。「哪個癩蝦蟆想吃天鵝肉，竟敢勾搭我的女兒！若不老實交代，立刻打斷妳們的腿！」

「是……是……」玉緋膽小，哆哆嗦嗦地開口。

——喂，別胡說八道啊！我這次只是純粹不想嫁而已，先跑了再說，哪裡有什麼私奔對象？就是想投奔淵，也得先知道他的下落啊！

她急得很，卻沒法子開口為自己解釋半句。

「唰」的一聲，鞭子抽在地上，玉緋嚇得「哇」一聲哭了，立刻匍匐在地大喊：「王爺饒命！是……是九嶷山的大神官！時影大人！」

「什麼？」父王猛然愣住了，「大神官？」

「是！」玉緋顫聲道：「那一晚……那一晚郡主本來要和他私奔的！不知道為什麼又鬧出那麼多亂子，兩人吵了架，就沒走成。」

「什麼？」父王和母妃一同失聲，驚駭萬分。

「不對！明明是大神官親自寫信，讓我來這裡接回阿顏！他怎麼可能拐帶她私奔？」父王畢竟清醒理智，很快就反駁玉緋的話。「他們兩個是師徒，又怎麼可能……」

玉緋生怕又挨鞭子，連忙道：「奴婢……奴婢親耳聽到郡主說因為大神官，所以她才看不上天下的男人，還……還求大神官帶她一起走！王爺不信，可以問問雲縵！」

雲縵在一旁打了個寒顫，連忙點頭說：「是真的！奴婢也聽見了！」

什麼？這兩個小妮子，居然偷聽他們的對話？而且還聽得有一句沒一句的！朱顏氣得差點吐血，乾脆放棄醒過來的努力，頹然躺平——是的，事情鬧成這樣，還是躺著裝死最好，這時候只要一開口，父王還不抽死她？

然而奇怪的是，父王和母妃一時間竟都沒有再說話。

「妳們先退出去。」許久，母妃開口。

金帳裡頓時傳出一片簌簌聲，侍從侍女紛紛離開，轉瞬之間，房間裡安靜得連呼吸聲都聽得見。

「我說，你當年把阿顏送去九嶷山，是不是就暗自懷了心思？」母妃忽然幽幽地開口，問了一句奇怪的話。「其實，他們只差了九歲。」

「胡說八道！」赤王咆哮了起來。

「怎麼胡說八道？我看他這次來蘇薩哈魯，其實就是為了阿顏。」母妃咳嗽著，語氣卻帶著奇怪的笑意。「而且，你、你也知道，咳咳……他送阿顏的玉骨，明明是白薇皇后的遺物……這東西是能隨便送人的嗎？」

「他們是師徒！」赤王厲聲道：「大神官不能娶妻，妳想多了！」

母妃卻還是低聲分辯：「大神官不能娶妻又如何？他本來就不該是當神官的命！只要他脫下那一身白袍，重返……」

赤王厲聲打斷母妃：「這事兒是不可能的！想都別想！」

金帳裡忽然再度沉默下去。朱顏看不到父母臉上的表情，不知到底發生什麼事，只覺得氣氛詭異且壓抑，令人透不過氣來。

許久，母妃發出一聲嘆息。「算了，反正最後他也沒帶走阿顏……這事情還是不要鬧出去，就當沒有發生吧。不然……咳咳，不然對我們赤之一族也不好，多少雙眼睛盯著呢。」

「那是，我就說了這事兒想都別去想，是滅族的罪名。」赤王沉聲。「我當年送阿顏去九嶷，不過是想讓她多學點本事、多個靠山而已，不是想讓她惹禍的。」

「唉……」母妃嘆息一聲，「可惜了。」頓了頓，她又道：「最近這一年，你也別逼阿顏出嫁，再等等看吧。我們總共只得這麼一個女兒，總得替她找個好人家，不要操之過急。」

赤王沉默下來，不說話，似乎是默認了。

她躺在那裡，心頭卻是一驚一喜。喜的自然是這事情居然就這樣雨過天晴，沒有人秋後算帳。而且她暫時不會被再度逼婚，自然也就不用急著逃跑，簡直是天大的好消息。說實話，要離開父王母妃，她心裡也是怪捨不得的。

而驚的是父母的態度。怎麼竟然連叱吒風雲的父王，都有點畏懼師父的樣子？師父他到底是有多大的本事？

然而，這一輪的裝暈，時間居然出乎意料漫長。

直到被帶回天極風城的赤王府，朱顏竟然都沒能從榻上起來。身體一直很虛弱，到第三日她才能睜開眼睛，勉強能說一、兩句話，第七日才能微微移動手指，卻怎麼也沒力氣站起來。赤王請遍天極風城的名醫也不見女兒好轉，情急之下，便從赤之一族供奉的神廟裡請來了神官。

「不妨事。郡主最近術法的修為突飛猛進，一舉飛躍了知見障，估計是施展出了超越她現有能力的術法，所以一時間靈力枯竭。」赤族神官沉吟許久才做出診斷：「服用一些內丹，靜養一個月就好。郡主小小年紀就能修到這樣的境界，罕見、罕見。」

臥床休息的她愣了一下：突飛猛進？不會吧？只是看了幾天師父給的冊子而已……對了！彷彿想起什麼，她忽地轉頭問：「玉緋呢？雲縵呢？她們去哪裡？那天晚上她們到底有沒有把我抬出帳篷？」

父王眉頭一皺，冷冷道：「玉緋和雲縵做事不力，我已經把她們兩個貶到浣衣處，罰做一年的苦工。」

「別！」她叫了起來：「都是我的錯，不關她們的事！」

「只是讓她們吃點苦頭，長點記性而已，過陣子自然會招她們回來。」父王草草安撫她一句，如同哄小孩一般。「到時候再叫她們回來服侍妳就是。」

「不要！」朱顏卻是瞪著眼睛，恨恨道：「這兩個吃裡爬外的丫頭，動不動就出賣我，我才不要再看到她們！」

「好啦，那就不讓她們回來，打發得遠遠的。」赤王早就猜到她會有這一句，不由得笑了笑，又問：「不過，抬出帳篷又是怎麼回事？」

朱顏抓了抓腦袋，有點不確定地說：「那天晚上，我好像是破掉了師父留下的結界……不過也不能確認，因為被抬出去之前，我已經昏過去了。」

赤王居然沉默了一會兒，沒有說話。

身為年僅二十五歲就成為九嶷神廟大神官的術法天才，時影的靈力高絕、獨步雲荒，修為僅次於白塔頂上的大司命，而他所設下的結界，女兒居然能破掉？是她長進得太快？還是一直以來自己都低估了阿顏呢？

他有些複雜地想著，忽然道：「阿顏想不想去帝都玩？」

「啊？」朱顏眼睛一亮，「去帝都？真的？」

赤王點了點頭。「等三月，明庶風起的時候，父王要去伽藍帝都覲見帝君，妳想一起去嗎？」

「想想想！」她樂得眉開眼笑，不知道哪裡來的力氣，居然一下子就從床上坐起來。「去帝都還要經過葉城對吧？太好了……我好幾年沒去過葉城啦！我要去逛東市西市！要去鏡湖上吃船菜！哎呀，父王你真是太好了！」

她摟著赤王的脖子，在父親鬍鬚濃密的臉上印了一個響亮的吻。

「沒大沒小！」赤王眼角直跳，卻沒有對女兒發脾氣。

「好餓！」她嚷嚷四顧，「飯好了沒？我要吃松茸燉竹雞！」

退出來後，赤王正好和站在外面廊下的王妃打了照面。夫妻兩人默默對視一眼，並肩走過王府裡的長廊，一直到四下無人，王妃才嘆了口氣問：「你終究還是決定了？」

赤王點了點頭說：「是，我要帶她去帝都。」

王妃咳嗽一聲：「你……你不是一直不想將她捲進去嗎？」

「以前我只願阿顏在西荒找個如意郎君，平平安安過一生，遠離帝都那個大漩渦。」赤王搖頭，「但如今看來，阿顏可能比我們所想的更加厲害，她未必只配過如此平淡的一生……」說到這裡，他嘆了口氣。「妳看，我也試過了，像上次那樣直接把她送出去嫁掉，總歸是不成的。帶她出去見見世面也好，說不定在那兒她能找到更好的機緣。」

王妃微微咳嗽了幾聲，笑道：「沒想到你這樣一輩子固執的人，居然也有想通的時候……」

「也是為了赤之一族啊。」赤王轉過頭去，看著月色下飛翔的薩朗鷹，低沉地嘆息。「六部之中，只有赤之一族不斷衰微，如今帝君病了，王位到了交替的時候。在這樣的時機，我們總得努力一下。」

「那也是白王和青王的事，和我們有什麼關係？」王妃嘆了口氣，忽地喃喃說：「不過白王的長子據說尚未婚配，說不定和阿顏倒是可以……」

赤王啞然失笑，「婦道人家，就只想到這個。」

「這是阿顏的終身大事，怎麼能不上心？空桑皇后歷代都是從白之一族裡遴選，我們阿顏是沒這福氣，但是做下一任白王妃嘛，還是綽綽有餘。」王妃卻是認真地道：「你這次帶著她去葉城和帝都，順路也多見見六部王室的青年才俊，可不能耽誤了。」

赤王低聲道：「這次我的確是約了白王見面。」

「多探探他的口風。據說他的長子白風麟鎮守葉城，外貌和能力都是上上之選，更好的是至今還沒娶妻。」說到女兒的婚嫁，王妃的表情和世俗父母幾乎一樣，眼睛亮了起來，推了推丈夫。「你去私下問問吧！」

「這種事，怎麼好我去問？哪有主動湊上去給自家女兒提親的？」赤王有些尷尬地咳嗽幾聲。「而且六部王室向白王長子提親的人也不少，他一直沒有定下，只怕是所圖者大，想結最有助力的姻親吧？我們家可說不上是……」

「哎，你怎麼這麼小看自家呢？」王妃怫然不悅。「阿顏從小福氣好，說不定大司命說的是真的呢？」

赤王臉色微微變了一下，許久才低聲道：「原來妳也一直記得大司命說過的那句話？」

「當然記得。那麼重要的話，怎麼會忘記？大司命十五年前就說過，我們家的阿顏，將來可會比皇后還要尊榮呢！」王妃一字一句重複那句預言，眼裡有亮光。「我覺得她的命，絕對不會比雪鶯差！」

「大司命的預言，也未必準。」赤王咳嗽幾聲，淡淡道：「當年他一句話就讓尚在襁褓中的時影被送去九嶷山，我卻一直有所懷疑。」

「懷疑什麼？」王妃有些愕然。

「我懷疑他……」赤王遲疑一下後搖頭，「還是不說了。」停頓了片刻又道：「其實，大司命去年還在朝堂上公然說空桑亡國滅族的大劫已至，剩下的國運不會超過一百年，當時可把帝君給氣得……」

「真是口無遮攔。」王妃不由得咋舌。

如今正是夢華王朝兩百年來最鼎盛的時期，七海靖平、六合安定，連冰夷也遠避海外，亡國滅族這樣的話不啻是平地一聲雷，令所有人都驚得掉了下巴。若不是帝君從小視大司命如友，也知道他一喝醉酒就會語出驚人，一怒之下早就把他給拖出去斬了。

「所以說，即便是大司命說的，有些話聽聽就好。」赤王苦笑著搖頭。「若是當了十萬分的真，只怕是自尋煩惱。」

「也是。」王妃忍不住掩住嘴，低聲地笑。「大司命若是這麼靈驗，怎麼就沒預見到自己喝醉了會從伽藍白塔上摔下來呢？白白瘸了一條腿。」

「哈哈哈……」赤王不由得放聲大笑。

「我說，你這次見了白王，還是得去試試。」王妃推了他一把，瞪了丈夫一眼。「為了阿顏的人生大事，你這張老臉也不算什麼要緊的。去試試！」

「好、好。」赤王苦笑說：「等我見了白王再說。」

夫妻兩人坐在王府的庭院裡，在月下絮絮閒話。

「服侍阿顏的那兩個侍女，你把她們怎麼樣了？」沉默了片刻，王妃輕聲問：「整個王府都沒找到蹤影，莫非你——」

「不要問了。」赤王的聲音忽轉低沉：「她們知道得太多。」

王妃倒抽一口冷氣，也壓低聲音：「萬一阿顏再問起來怎麼辦？」

「沒事，那丫頭忘性大，見異思遷得很，轉頭就忘了。而且，我不是下個月就要帶她去帝都嗎？」赤王抬起頭，看著大地盡頭那座高聳入雲的白塔，眼神遼遠。「這一去，她將來還回不回這個王府，都還說不準呢……」

月光下，有一道淡淡的白影，佇立在天和地之間。

那是鏡湖中心的伽藍白塔，雲荒的心臟。

七千年前，空桑歷史上最偉大的帝王——星尊帝琅玕聽從大司命的意見，驅三十萬民眾歷時七十年，在伽藍帝都建起這座六萬四千尺的通天白塔，在塔上設置了神廟和紫宸殿，從此獨居塔頂，鬱鬱而終，終身未曾再涉足大地。

多少年過去，多少英雄死去、多少王朝覆亡，只有它還在，冷冷俯瞰著這一切，宛如一尊沉默不語的神。

赤王望向那座白塔，遙遙抬起了手。「阿顏的機緣，說不定就在那裡。」

當赤王指著那座白塔，說出那句意味深長的話時，大約沒有想到在伽藍白塔頂上，也有一個聲音同時提到他。

「今天赤王向朝廷上了奏章。」

那個聲音是對著一面水鏡說的，說話的是一個四十多歲的男子，穿著空桑司天監的袍子，看上去精明謹慎。

水鏡的另一頭坐著身穿黑色長袍的王者，卻是遠在紫台的青王，冷冷問：「是蘇薩哈魯的事情嗎？」

司天監躬身道：「是，殿下的消息真快。」

水鏡另一頭的青王冷笑一聲。「據我所知，應該是時影平定的吧？呵，居然讓赤王這傢伙先上奏章搶了功勞？」

「大神官性子一貫淡泊，倒是從未有爭功的心思。」司天監道：「赤王還在奏章裡替大神官美言一番，幾乎把所有功勞都推到他身上，自責管理西荒失職，說不日將親自到帝都來請罪。」

「請罪？」青王眉梢一挑，眼裡掠過嘲諷。「他倒是乖覺。這事若不是平得快，他自己也脫不了干係。他那個女兒朱顏，不是許配給大妃的兒子嗎？」

「是，聽說柯爾克親王還沒入洞房就死了。」

「那麼說來，赤王女兒算是守望門寡了？」青王一愣，忍不住冷笑起來，甚為快意。「他們把這個女兒看得跟寶貝似的，三年前我替侄兒去求親還被擋回來，這回我倒要看看，六部還有哪家願意揀一個二手貨。」

司天監唯唯諾諾地應道：「青王說得是。」

青王皺了皺眉又問：「有沒有時影的消息？」

「暫時還沒有。」司天監道：「離開蘇薩哈魯之後，就失去大神官的蹤跡。雖然動用了眼線，也通過水鏡看遍雲荒，卻怎麼也找不到他的下落。」

「真沒用！」青王恨恨道：「早說了讓你好好盯著這傢伙！」

「王爺也太為難在下了。大神官靈力高超，以在下這點能耐，又怎能監控他？」司天監苦笑，搖了搖頭。「整個雲荒，估計只有大司命可以做到。」

「也就是因為那小子本事大，誰都奈何不了他，否則，他能活到今日？」青王狠狠道：「真是斬草不除根，春風吹又生！」

司天監不敢回答。

青王彷彿也知道自己有點失控，放緩了語氣問：「皇太子還好嗎？」

「還是像以前那樣，老是喜歡出去玩，整天都不在帝都。」司天監搖著頭嘆氣。「帝君早已心灰意冷、懶得管束，而青妃一向寵溺這個兒子，打不得、罵不得。只能等明年正式冊立了太子妃，估計就有人好好管他。」

「唉，這個小傢伙也太不讓人省心。」青王恨恨道：「都二十二了，還不立妃！帝君在這個年紀都已經生了皇長子！」

司天監賠笑道：「青王也不用太急，雪鷺郡主不也還小嗎？」

「也十八歲，不小了。」青王搖著頭，憂心忡忡。「這件事一日不定下來，我一日不得心安。皇太子畢竟不是皇后所生，非嫡非長，在朝中壓力很大。若能早日迎娶雪鷺郡主，和白之一族達成聯姻，我這顆心才算放下來。但白王如今的態度模棱兩可……唉，我也不知道他是不是會真的支持這門婚事。」

「青王不用太憂心，皇太子和雪鶯郡主兩人可好著呢！只怕生米都煮成熟飯了……」司天監忽地壓低聲音笑道：「上個月皇太子偷偷拉了郡主去葉城，玩了兩天兩夜沒回來，最後貴妃一怒之下，讓青罡將軍派了殿前驍騎軍才給抓回來。」

「這小子！」青王搖頭笑道：「對付女人倒是有本事。」

司天監賠笑。「那當然，是大人您的親外甥嘛。」

「好了，你也該歇息。」青王的情緒終於好起來，揮了揮手。「等過段時間我得空，便從封地來帝都拜會一下白王。」

「是。」司天監合上水鏡，一時間房間裡便黑了下去。

要明年才冊立太子妃，但現在朝野各方就已經開始勾心鬥角嗎？他搖著頭嘆一口氣，朝外看了一眼。

白塔頂上，夜風浩蕩，吹得神幢獵獵作響，神廟前的廣場空空蕩蕩，只有璣衡在觀星台上緩緩運轉，將滿天星斗都籠罩在其中。

忽然間，他的眼睛睜大——不知何時，外面空無一人的廣場盡頭，居然悄無聲息地出現一個人。

那個憑空出現在絕頂上的年輕男子，負手站在伽藍白塔之上，星空下一襲白衣飄搖，正在透過璣衡，聚精會神地看著頭頂的星野變幻。

那……那居然是大神官！

司天監不由得驚得站了起來，然而還沒來得及走出去，卻看到又有一個人拄著拐杖，一瘸一拐地登上觀星台，站在大神官的背後，拍了拍他的肩膀。那是一個古稀老者，白髮白鬚迎風飄飛，手裡握著一枚玉簡——竟是深居簡出、多日不見的空桑大司命！

這兩個人，為何深夜突然出現在這裡？

司天監連忙湊到窗前，竭力想聽清他們的對話。然而，一老一少只是在伽藍白塔絕頂上站著，負手臨風而立，彼此一句話也沒說，只是默然看著頭頂斗轉星移。

過了半個時辰，大司命終於開口：「怎麼樣，你也看到了吧？」

「是。」時影輕聲道：「看到了。」

「空桑覆滅，大難降臨……血流成河啊！」大司命用手裡玉簡指著那片淡得幾乎看不見的歸邪，嘆息說道：「空桑人的末日要到了！而現在帝都這些人還只忙著勾心鬥角！夢華王朝？哈哈，都還在作夢呢！」

什麼？大司命又喝醉酒了吧？司天監心裡「咯噔」了一下。他踮起腳，從窗口往大司命指的方向看去，星野變幻、群星歷歷，卻怎麼都沒在那片區域裡看到有東西。等他忍不住探頭再看時，眼前忽然就是一黑——巨大的翅膀從天而降，輕輕一掃，就將這個偷窺者迎頭擊得暈過去，尖利的喙子一啄，便將軟倒的身子橫著叼出來。

「重明，不許吃！」時影微微皺眉，頭也不回地呵斥：「放回去。」

神鳥羽翼一震，不甘心地將嘴裡叼著的司天監吐出來，隔著窗子扔回去，發出了「咕咕」的抗議聲。

時影重新望了一眼星野的方向，對著大司命點頭。「是的，在下看到了。您的預言雖然殘酷，卻是準確無疑的。」

是的。在那個星野裡，有一片肉眼尚且看不到的歸邪，如同一層淡淡的霧氣，悄然瀰漫，將在五十年內抵達北斗帝星的位置。當代表亡者重生、離人歸來的歸邪籠罩大地時，雲荒將陷入空前的大動亂！

「可惜，除了九嶷神廟的大神官，整個雲荒竟然沒有第二個人贊同我。」

空桑的大司命搖著頭笑了起來，「呵呵……所有人都認為我是危言聳聽，一個個都是睜眼瞎！」

「無須和那些肉眼凡胎之人計較。」時影深深一彎腰，肅然說道：「您用半生心血推算出了這個結果，剩下的就交給我來做吧。」

「你？你想做什麼？你又能做什麼？」大司命看了一眼面前的後輩冷笑，「你難道覺得，自己能夠扭轉星辰的軌道嗎？可笑！造化輪迴的力量，如同這浩瀚的蒼穹，沒有任何凡人可以抵擋！」

時影微微一躬身說：「盡人事，聽天命，如此而已。」

「這麼有自信？」大司命笑了一聲，搖了搖頭。「那麼，告訴我，你這一次去蘇薩哈魯，有找到『那個人』嗎？」

時影沉默了一瞬，嘆息回答：「沒有。」頓了頓，他又道：「我把整個蘇薩哈魯的鮫人都殺盡了，可是那片歸邪依舊沒有消失。所以，我只能回到伽藍白塔，通過璣衡來預測此刻的所在。」

「你是找不到的，因為天命注定他必將存活下去。」大司命搖了搖頭，鬚髮在風裡飄飛。「『那個人』是上天派來報復空桑，是注定要滅亡六部、帶來傾國之亂的人。你和我，都無法阻攔。」

「只差一點點，我就能找到了。」時影卻語氣平靜，「離預言發生還有幾十年的時間……我總會找到的。」

大司命怔愣一下，看著他忽然笑了起來。

「你！」他抬起玉簡，拍打著時影的肩膀。「你不知道在這個帝都，人人都在為眼前的利益像瘋狗一樣爭奪嗎？你為何要將眼睛盯在那麼久之後？誰會在意幾十年之後發生的事？」

「我。」時影沒有笑，只是靜靜答道：「如果都像其他人那樣，只安享當世榮華，那麼，這世間要我們這些神官司命又有何用？」

大司命臉上的笑意凝固了，久久地看著這個年輕人，忽然嘆了一口氣：「二十幾年前，我讓帝君把你送去九嶷山，看來是送對了……我時日無多，等我死後，這雲荒，也唯有你能接替我的位置。」

時影微微躬身。「不敢。」

大司命聞言皺眉。「有什麼不敢？我都已經向帝君舉薦過你。」

時影垂下眼簾，看著腳下遙遠的大地，忽然輕輕嘆一口氣。「多謝大司命厚愛。不瞞您說，如果此次的大事能安然了結，在下想脫去這一身白袍。」
「什麼？」大司命愣了一下，「你……你不打算做神官了嗎？」
「是的。」時影笑了笑，語氣深遠。
大司命臉色微微一變。「你和帝君說過這件事了嗎？」
時影搖了搖頭，「尚未。言之過早。」
「帝君未必會同意。」大司命神色沉了下來，有些擔憂。「他在你童年就把你送去九嶷神廟，其實就希望你做個一輩子侍奉神的神官，不要再回到俗世裡。你如果要脫下這身白袍，只怕他會有雷霆之怒。」
「他怒什麼？」時影冷笑起來，語氣裡忽然出現一絲入骨的譏誚，那是罕見地動了真怒的表現。「即便脫下這身白袍，我也不會回來和弟弟爭奪帝位的，他不用怕。」
大司命一時語塞。
「而且，我現在的人生，也不是他能夠左右。」時影的聲音重新克制住了，淡淡說道：「當我想走的時候，誰也攔不住。」
大司命沉默片刻問：「那……你不當大神官之後，想去做什麼？」

「還沒想好。」時影淡淡道：「等想好了，估計也就是走的時候。」

大司命看他說得認真，不由得嚴肅起來。「一旦穿上這身白袍，是沒那麼容易脫下的。要脫離神的座前、打破終身侍奉的誓言，你也知道要付出什麼代價。你真的打算接受雷火天刑，散盡靈力，毀去畢生苦修得來的力量，重新淪為一個平庸之人嗎？這個紅塵俗世，有什麼值得你這樣做！」

老人的聲音淩厲，近乎呵斥，然而年輕神官的臉上波瀾不驚。

「大人，您是知道我的。」時影只是淡淡回答，語氣平靜：「我若是一旦決定了要走那一條路，刀山火海、粉身碎骨又有何懼？」

大司命不說話了，看著他，眼神微妙地變了一下，忽然開口：「影，你不會是動了塵心吧？」

時影的臉色微微一動，沒有回答。

「果然如此！」大司命倒吸一口冷氣，又抬起頭，看著漫天的星辰，蒼老的臉在星光下露出一種不可形容的神色。「你可真像你的母親啊……唉，枉費了我一番心血把你送去九嶷。」

時影有些愕然地看著大司命，不明所以。

他知道自己在襁褓中就被帝君送去遙遠的九嶷山修行，其實是出自大司命的諫言。但那麼多年來，他從未問過這個亦師亦友的老人，這個改變他一生的諫言到底是真的還是假的？

「算了……」大司命看著星空，半晌嘆息。「不過，當神官的確也不是你的命運……你的命運，不該是這樣。」

時影一震，手微微收緊。

他的命運？所有修行者，無論多麼強大，就算可以洞徹古今，卻都無法看到自身的命運。而這雲荒上，修為比自己高、唯一能看到他命運軌跡的，便只有這位白塔頂上的大司命。

那一瞬，他很想問問這個老人，他的命運是什麼，卻終究沉默。

「其實我和你一樣，也想挽救這一場空桑國難。」大司命嘆了口氣，語氣忽然變得嚴肅，眼神深沉而疲憊。「但我仔細看了星盤，那些宿命的線千頭萬緒，糾纏難解。我如果動了其中一根，或許會導致不可見的結果。到時候對空桑到底是福是禍，連我自己都無法把握。」他轉過頭看著時影，「你想要插手其中，挽救空桑的命運，可知萬一失敗，天下大亂，整個星盤就會傾覆？」

「我知道。」時影垂下了眼簾，「但總比什麼也不做強。」
「只怕沒那麼簡單。」大司命搖了搖頭，沒有再說下去。「你想得太容易。」
「那，我們不妨用各自的方法試試看吧。」時影負手看著天宇，淡淡道：「空負一身修為，總得對空桑有所助益。」
「呵，也是，你心氣那麼高，怎會束手認輸？」大司命笑了一聲，語氣淡淡，不知道是讚許還是惋惜。「你從小就是個心懷天下的孩子啊……」
伽藍白塔的絕頂上，滿天星斗之下，只有這一老一少兩人並肩站在風裡，仰望著星空，相對沉默，各自心思如潮湧。
「既然都來了，就去和帝君見一面吧。他最近身體不大好。」許久，大司命嘆了口氣，壓低聲音。「雖然嘴裡不說，但我知道他心裡一直是很想見你的——你們父子之間，都已經二十多年沒說過一句話了。」
時影的唇角動了一動，最終卻還是抿緊。
「不必了。」他轉頭看著白塔下的紫宸殿，語氣平靜。「把我送進九嶷神廟的時候，他心裡就應該清楚：從此往後，這個兒子就算是沒有了。事到如今，一切都如他所願，又何必多添蛇足呢？」

他抬起手，手裡的玉簡化為傘，重明神鳥振翅飛起。

大司命沒有挽留，只問：「剛才，你從璣衡裡看到什麼？」

「歸邪的移動方向。」時影轉過頭，將視線投向鏡湖彼端那一座不夜城——是的，那一股影響空桑未來國運的力量，眼下正朝著葉城集結。如果這次來得及，一定能在那裡把它找出來。

「在葉城？」大司命搖了搖頭。「不過，你連是男是女都不知道，如何找？難不成，你還想把葉城的所有鮫人都殺光？」

然而時影神色未動，淡淡道：「如果必要，也未必不可。」

大司命怔愣一下，忽地苦笑。「是了，我居然忘了，你一向不喜歡鮫人，甚至可以說是憎惡的吧？是因為你母親嗎？」

握著傘柄的手指微微收緊，時影低下頭去，用傘遮擋住眼神，語氣波瀾不驚：「告辭。等事情處理完畢，我便會返回九嶷神廟。到時候請大司命稟告帝君，屈尊降臨九嶷，替我除去神職。」

大司命沉默了一下，嘆了口氣。「你是真的不打算做神官？那也罷了……

唉，你做好吃苦頭的準備吧。」

「多謝大人。」時影微微躬身，語氣恭謹。「是在下辜負您的期許。」

「你有你的人生，又豈是我能左右？去吧，去追尋你的命運……」大司命嘆了口氣，用玉簡輕輕拍著他的肩膀，指著白塔底下的大地。「明庶風起了，也就在不遠處了。」

「謹遵教誨。」年輕的神官低下頭，手裡的傘微微一轉。

剎那間，天風盤旋而起，繞著伽藍白塔頂端。疾風之中，白鳥展翅，掠下萬丈高空。

在兩人都陸續離開後，伽藍白塔的頂端，有一個人睜開了眼睛。

一直裝暈的司天監踉蹌著站起來，揉了揉劇痛的腦袋，恨恨地哼了一聲。那個該死的四眼鳥，差點就把他給吃了！分明是個魔物，也不知道九嶷山神廟為啥要養著牠。

然而，一想起剛才依稀聽到的話，司天監再也顧不得什麼，跌跌撞撞地跑回房間裡，顫抖著打開水鏡，呼喚另一邊早已睡下的青王。

「什麼？」萬里之外的王者驟然驚醒，「時影要辭去神職？」

「是的！屬下親耳聽見。」司天監顫聲，將剛聽到的驚天祕密轉告。

「他……他的態度很堅決，甚至說不惜一切也要脫離神職、重返俗世！」

「真的？」青王愣了一下，禁不住打了個寒顫，眼神轉為凶狠。

司天監想了想，又補充：「不過他也對大司命說，自己並無意於爭奪皇位。」

「他說不爭你就信了？」青王冷笑起來，厲聲道：「他付出那麼大的代價脫下神袍，不惜靈體盡毀、自斷前途，如果不是為了人間的至尊地位，又會是為了什麼？那小子心機深沉，會對別人說真話嗎？可笑！」

司天監怔了一怔，低下頭去。「是，屬下固陋了。」

「可恨……可恨！」青王咬牙切齒地喃喃說著：「他畢竟還是要回來了！」

時隔二十多年，他最擔心的事情終於發生——那個隱於世外多年的最強大對手，終於還是要回來了。

身為白嫣皇后所出的嫡長子，無論從血統、能力，還是背後的家族勢力，時影幾乎是無與倫比的，強於青妃所生的時雨百倍。若不是昔年帝君因為秋水歌姬的死而遷怒於他，如今繼承雲荒六合大統的絕對是這個人。

身為失去父親歡心的嫡長子，時影生下來沒多久就被送往九嶷山，二十幾年從未在王室和六王的視線裡出現過，自從白嫣皇后薨了之後更是遠離世俗，低調寡言，以至於六部貴族裡的許多人都漸漸忘記他的存在——包括自己在內，豈不是也一直掉以輕心？

但是誰又想過，這個從小被驅逐出了權力中樞的人，一旦不甘於在神廟深谷寂寂而終，一旦想要返回紫宸殿執掌權柄，又將會掀起多大的波瀾。

「唉……斬草不除根，春風吹又生。」青王揉著眉心，只覺得煩亂無比。「早知道如此，當年就應該把那小子在蒼梧之淵給徹底弄死！」

「王爺息怒。」司天監低聲道：「當年我們也已經盡力……實在是那小子命大。」

「現在還來得及。」青王喃喃說著，忽然道：「他現在還在帝都嗎？」

「好像說要去葉城，然後再回九嶷。」司天監搖頭，「對了，他說要在九嶷神廟裡準備舉行儀式，正式脫離神職。」

「什麼？這麼快就要辭去大神官的職務？」青王眼神尖銳了起來，冷笑說道：「呵，說不幹就不幹，想一頭殺回帝都嗎？我絕不會讓這小子得逞！」

「是。」司天監低聲道，也是憂心忡忡。「大神官一旦回來，這局勢就麻煩了……何況帝君最近身體又不好。」

「已經到了關鍵時刻，一個不小心，我們的多年苦心便會化為烏有。」青王壓低了聲音，語氣嚴肅。「讓青妃好好盯著帝君、盯著大司命，一有變故立刻告訴我。我兒青罡正帶著驍騎軍去葉城平叛。復國軍也就罷了，白王態度曖昧不明，你讓他千萬警惕白風麟那個口蜜腹劍的小子！」

司天監應聲：「屬下領命。」

「還有，趕緊把皇太子找回來。事情都火燒眉毛，還在外面尋歡作樂！」青王憤然，「如果不是我的親外甥，這種不成材的傢伙我真是不想扶！」

「是。」司天監連忙道：「青妃早就派出人手去找了，應該和以前一樣，皇太子偷偷跑出去玩個十天半個月便會自己回來。」

「現在不同以往！」青王用恨鐵不成鋼的語氣道：「帝君病危、殺機四伏，哪裡還能容他四處玩耍？」他合上了水鏡，只留下一句：「大神官那邊，我來設法。」

當水鏡裡的談話結束後，青王在王府裡抬起頭。

這裡是青族的封地，九嶷郡的首府紫台。深夜裡，青王府靜謐非常，窗外樹影搖曳，映出遠方峰巒上懸掛的冷月，九嶷山如同巍峨的水墨剪影襯在深藍色的天幕下，依稀可見山頂神廟裡的燈火。

青王在府邸裡遠望著九嶷頂上的神廟，不知道想起什麼，眼神漸漸變幻，低聲嘆了口氣。「時影那小子，居然要脫下神袍重返帝都嗎？養虎為患啊。」

「青王殿下是後悔了嗎？」忽然間，一個聲音低低問。

「誰？」青王霍然轉頭，看到房間裡不知何時出現的人影。

「青王府的守衛真是鬆懈……空桑人的本事就僅止於此嗎？」那人穿著一身黑袍，一雙冰藍色的眼睛在陰影裡閃著光，赫然不是空桑人的語音和外貌，低聲笑了笑說：「我一路穿過三進庭院，居然沒有一個侍衛發現。」

「巫禮？」青王怔了一下，忽然認出來人。

這個深夜拜訪的神祕黑袍人，竟然是西海上的冰族！那個七千年前被星尊帝驅逐出大陸的一族，什麼時候又祕密潛入雲荒？

「許久不見了。」那個人拉下黑袍上的風帽，赫然是一頭暗金色的頭髮，完全不同於空桑人的模樣。「五年前第一次行動失敗之後，我們就沒再見過面。」

青王沒有回答，只是警惕地看著來人，低聲道：「那你今天怎麼會忽然來這裡？滄流帝國想做什麼？」

「我？」巫禮笑了笑，從懷裡拿出一物。握在他手裡的是一枚權杖，上面有雙頭金翅鳥的徽章，在冷月下熠熠生輝。「我是受元老院之托，前來幫助殿下的。」

「雙頭金翅鳥令符？」青王知道那是滄流帝國的最高權力象徵，眼睛瞇了起來。「自從五年前那次行動之後，我和元老院已經很久沒聯繫了。」

「是。」巫禮聲音很平靜，「但如今空桑的局勢正在變化，以殿下個人的力量，只怕是已經無法控制局面，難道不希望有人助一臂之力嗎？」

「誰說的？」青王冷笑起來，「我妹妹依舊主掌後宮，時雨依舊是皇太子。這個雲荒，馬上就是青之一族的！」

「既然如此，殿下為何要感嘆養虎為患呢？」巫禮淡淡道：「時雨還有一個哥哥，不是嗎？他的星辰最近越來越亮，在西海上都能夠看到他的光芒——我正是為此而來。」

聽到對方說起時影，青王忽然沉默下來。

「你們若是能幫到我，五年前那小子就該死了。」許久，青王喃喃搖頭，「當他還是個少神官的時候，我們曾經聯手在夢魘森林發動過伏擊。你們派出巫彭，卻還是被他逃了出去。」

「誰想到那小子掉進蒼梧之淵居然沒有死？」巫禮低聲冷冷道：「那時候只要再來一次就好。我們想再度出手，殿下卻說不必了。」

「當時一擊不中，我是怕再度動手會打草驚蛇，驚動白王。」青王皺眉，「何況在他掉進蒼梧之淵失蹤的那段日子裡，帝君已經聽了我妹妹的話，冊封時雨為皇太子，大勢已定，所謀已成。加上這小子一直都表現得超然物外，所以我當時一念之仁，留了他一條命。」

「現在後悔了吧？」巫禮笑了起來，露出雪白的牙齒。「要知道時影的才能，可遠遠在你那個不成器的外甥之上啊。」

青王沒有否認這種尖刻的評語，只是嘆一口氣說：「事到如今，滄流帝國是派你不遠千里前來取笑我的嗎？」

「當然不是。」巫禮立刻收斂笑意，肅然道：「冰族站在殿下這一邊，希望看到您得到這個天下，就看殿下是否有意重修舊好。」

青王吸了一口氣，沉默下來，不願意再和這個外族使者多說，只道：「如此，讓我考慮一下再答覆。」

「好。」巫禮沒有再勉強遊說，乾脆將手裡的雙頭金翅鳥令符留下。「我會在雲夢澤邊的老地方待上三個月，等候殿下的消息。殿下若是有了決定，就持此令符來告知。」

「不送。」青王淡淡說道，並沒有表情。

待來人走後，他沉默一會兒，隨手將那一枚雙頭金翅鳥令符扔進抽屜深處，再也不看。

這些猖狂的冰族人，不知從哪裡得到的消息，知道空桑政局即將變化，竟然借此來要脅他。如今雖然說時影那邊起了異動，但青之一族還是大權在握，怎能答應對方這種奇怪的要求？

然而，當青王以為自己是第一時間得知時影這個祕密的時候，遠在另一方的白王也已經從不同管道同時得知了同樣的祕密。

將這個祕密透露出去的，竟然是大司命本人。

「什麼？時影決定辭去神職？」水鏡的那一邊，白王也止不住地震驚。「他……他想做什麼？難道是終於想通了，要回到帝都奪回屬於他的東西？」

身為白嫣皇后的胞兄，白王雖然名義上算是時影的舅父，然而因為時影從小被送往神廟，兩人並無太多接觸，所以對這個孤獨少年的心裡想法是毫不知情，此刻乍然聽到，自然難掩震驚。

「不……咳咳，影他心清如雪，並無物欲。」大司命在神廟裡咳嗽著，一手捏著酒杯，醉意醺醺地搖頭。「我覺得他這麼做，其實是為了別的……」

白王有些愕然問：「為了什麼？」

「為了……」大司命搖了搖頭，欲言又止。「算了，總之令人非常意外。」

「世上居然有大司命也算不到的事情嗎？」白王苦笑一聲，沉吟著搖頭。「現在說什麼都晚了。你也知道，影的性格幾乎和他的母親一樣啊。」

大司命陡然沉默下去，握著酒杯的手微微發抖。

「我可不希望他的一生和阿嫣一樣，被一個錯誤的人給耽誤了。」許久，老人一仰頭將杯中酒喝盡，喃喃說道：「不，應該說，我要竭盡全力不讓他的一生和阿嫣一樣！」

他的語氣堅決，如同刀一樣銳利。

「多謝。」彷彿知道自己觸及什麼不該提到的禁忌，白王嘆息一聲。「我雖然是他舅父，但對他的瞭解反而不如你。這些年你一直視他如子、照顧有加，連術法都傾囊相授，在下深表謝意。」

「唉，應該的……」大司命的聲音乾澀而蒼老，忽地將手裡的酒一飲而盡。「應該的。」

「可是，無論影是為了什麼脫離神職，一旦他脫下白袍，青王那邊都不會善罷甘休吧？」白王壓低聲音，語氣隱隱激烈起來。「他們兄妹的手段，你也是知道的——當年我們都沒能救回阿嫣，這一次，無論如何都不能再讓青王那邊的人得逞了！」

大司命久久地沉默，枯瘦的手指劇烈發抖。

「我以為你會和青王結盟。」忽然間，他低聲說了一句：「你不是打算把雪鶯郡主許配給青妃之子時雨嗎？」

「那是以前。現在時影要回來了，不是嗎？」白王頓了一頓，眼神微微變幻，看著水鏡另一邊雲荒最高的宗教領袖。「關鍵是，大司命怎麼看？」

大司命悄然嘆一口氣，抬頭看了看屋頂的天穹。他一生枯寂，遠離政治鬥爭，將生命貢獻給神。但是這一次……

「只要我活著，我不會讓任何人傷害影。」許久，他終於放下酒杯，低聲吐出一句諾言：「也不會讓任何人損害雲荒。」

「那麼說來，我們就是同盟了？」白王的眼神灼灼，露出一絲熱切。

「不，我們不是同盟。」大司命喃喃說：「你們想要爭權奪利，我可沒有興趣。」

白王有些意外，「那大司命想要什麼？」

「我希望空桑國運長久。但是個人之力微小，又怎能與天意對抗……」老人抬頭看了看天穹的星斗，許久只是搖了搖頭，低下頭道：「算了，其實我只是想完成對阿嫣的承諾，好好保護這個孩子罷了。」

「那至少在這一點上，我們是同盟。」白王笑了起來，露出整齊潔白的牙齒。「我們都支持嫡長子繼位，不是嗎？可惜，還有青王家那個崽子擋路。」

「那個小崽子不值一提，難搞的是青王兩兄妹。」大司命搖了搖頭，喝了一杯酒。「要對付他們，只靠白之一族恐怕不夠。你需要一個幫手。」

白王肅然說：「是，在下也一直在合縱連橫，儘量贏取六部之中更多的支持。」

大司命忽地問：「聽說你家長子還沒娶妻？」

白王愣了一下，不明白大司命為何忽然提到這一點，點頭回答：「是。風麟他眼高於頂，都二十幾了，還一直不曾定下親事。我也不好勉強。」

「白風麟也算是白之一族裡的佼佼者，不僅是你的長子、葉城的總督，將來也會繼承白王的爵位。」大司命搖了搖頭，看著白王，眼神洞察。「事關重大，所以你也不肯讓他隨便娶一門親吧？」

白王沒料到這個看似超然世外的老人，居然也關心這種世俗小兒女之事，不由得怔愣一下，但心裡知道大司命忽然提及此事定然是有原因的，不由得肅然端坐，恭謹地問：「不知大司命有何高見？」

「高見倒是沒有。」大司命微微頷首，露出一絲意味深長的笑意。「赤王剛準備進京覲見，而且，還帶來他唯一的女兒。」他看著水鏡另一端的白王，語氣深不可測。「依我看，如能結下這一門親事，將會對你大有幫助。」

「這是大司命的預言？」白王怔了一下，卻有些猶豫。「可是，赤王家的獨女不是剛新嫁喪夫嗎？實在是不祥……」

大司命沒有再說，只是笑了笑。「那就看白王你自己的定奪了。」

白王沒有說話，眼神變幻許久，終於點了點頭。「如果真如大司命所言，那麼，在下這就著手安排。反正六部藩王裡，赤王和我們關係不錯，我也早就打算要和他見個面。」

「去吧。」大司命又倒了一杯酒，凝視著水鏡彼端的同盟者。「無論如何，在某些方面，我們還是利益一致的，不是嗎？我不會害你。」

白王點了點頭，終於不語。

帝都這邊風雨欲來、錯綜複雜的情形，完全不被外人知。

三月，明庶風起的時候，朱顏已經在前往帝都的路上。來自南方、青色的風帶來春的氣息，濕潤而微涼，縈繞在她的頰邊，如同最溫柔的手指。

「哎，這裡比起西荒，連風都舒服多了。」她趴在馬車的窗口上，探出頭看著眼前漸漸添了綠意的大地，有點迫不及待。「嬤嬤，葉城還有多遠？」

「不遠了，等入夜時大概就到了……小祖宗啊，快給我下來。」盛嬤嬤叨念著，一把將她從車窗拉下來。「沒看到一路上大家都在看妳嗎？赤王府的千金，六部的郡主，怎麼能這樣隨隨便便地拋頭露面？」

朱顏嘆了口氣，乖乖在馬車裡坐好，竟沒有頂嘴。

這位中州老嫗是在赤王府待了四十幾年的積年嬤嬤，前後服侍過四代赤王，連朱顏都是由她一手帶大，所以朱顏雖然從小天不怕地不怕，對這個嬤嬤卻是有幾分敬畏。赤王調走了玉緋和雲縵之後，便將這個原本已不管事的老人給請出來，讓她陪著朱顏入帝都，一路上好好看管。

盛嬤嬤已經快要六十歲，原本好好地在赤王府裡頤養天年，若不是不放心她，也不會拚著一把老骨頭來挨這一路的車馬勞頓。朱顏雖然是跳來蹦去的頑劣性子，卻不是個不懂事的，一路上果然就收斂許多。

「來，吃點羊羹。」盛嬤嬤遞上一碟點心，「還有蜂蜜杏仁糖。」

「嗯。」她百無聊賴，撚起一顆含在嘴裡，含糊不清地問：「父王……父王他是不是已經先到葉城了？」

「應該是。」盛嬤嬤道：「王爺說有要事得和白王商量。」

「有……有什麼要事嗎？」朱顏有點不滿地嘟囔：「居然半夜三更就先走了，把我扔在這裡！哼……我要是用術法，一會兒就能追上他！」

「不許亂來！」盛嬤嬤皺了皺眉頭，「這次進京妳可要老老實實，別隨便亂用妳那半吊子的術法。天家威嚴，治下嚴厲，連六部藩王都不敢在帝都隨意妄為，妳一個小孩子可別闖禍。」

「哼。」她忍不住反駁，「我才不是小孩子！我都死過一個丈夫了！」

「妳……」盛嬤嬤被她的口無遮攔鎮住了，半晌回不過神來。

馬車在官道上轔轔向前，剛開始一路上行人並不多。然而等過了瀚海驛，路上驟然擁擠起來，一路上盡是馬車隊伍，擠擠挨挨地幾乎塞滿道路，馱著一袋一袋的貨物，拉著一車一車的箱籠。

「咦，這麼熱鬧？」朱顏忍不住又坐起來，揭開簾子往外看去，然而看了看盛嬤嬤的臉色，又把簾子放回去，只小心翼翼地掀開一角，偷偷地躲在簾子後面看著同路的馬車隊伍。

這些顯然都是來自西荒各地的商隊，馬背上印著四大部落的徽章，有薩其部，有曼爾戈部，也有達坦部和霍圖部。這些商隊從各個方向而來，此刻卻都聚在了同一條路上，朝著同一個目的地而去——葉城。

位於南部鏡湖入海口的葉城，乃是整個雲荒的商貿中心。無論是來自雲荒本土還是中州七海的商人，若要把貨賣得一個好價錢，便都要不遠千里趕去那裡販賣。經過一個冬天的歇息，這些西荒的商隊儲備了大量的牛、羊、彎刀、鐵器，穿過遙遠的荒漠，驅趕著馬車，要去葉城交換食鹽、茶葉和布匹。

朱顏他們的車隊插了赤王府的旗幟，又有斥候在前面策馬開道，所以一路上所到之處，那些商隊紛紛勒住馬車，急速靠在路邊，恭謹地讓出一條路來，但他們一時間也無法走得很快。

「哎喲，嬤嬤，妳看！」朱顏在簾子後探頭探腦地一路看著，又是好奇又是興高采烈，忽地叫了起來。「天啊，妳看！整整一車的薩朗鷹！」

她指著外面停在路邊的一輛馬車。兩匹額頭上有金星的白馬拖著車，車上赫然是一個巨大的籠子，裡面交錯著許多手臂粗細的橫木，上面密密麻麻停滿了雪白色的鷹，大約有上百隻。每一隻鷹都被用錫環封住喙子和爪子，鎖在橫木上，只餘下一雙眼睛骨碌碌地轉，顯得憤怒而無可奈何。

朱顏不由得詫異。「他們從哪兒弄來那麼多的薩朗鷹？」

「從牧民手裡收購的。有人專門幹這個營生。」盛嬤嬤絮絮地給她解釋，「聽說帝都和葉城盛行鬥鷹，一隻薩朗鷹從牧民那兒收購才五個銀毫，等調教好了運到葉城，能賣到一百個金銖呢。這一車估計得值上萬了。」

「唉……妳看，那些鷹好可憐。」朱顏嘆息一聲，「原本是自由自在飛在天上，現在卻被鎖了塞在籠子裡，拿去給人玩樂。」

「哎，妳小小的腦瓜裡，就是想得多。」盛嬤嬤笑了一聲，「這些東西在大漠裡到處都是，不被人抓去，也就是在那兒飛來飛去默默老死而已，沒有一點益處。還不如被抓了賣掉，多少能給牧民補貼幾個家用呢。」

朱顏想了想，覺得這話也有幾分道理，不知從何反駁。然而看著那一雙雙鷹的眼睛，她心裡畢竟是不舒服，便嘟囔著扭過頭去。

馬車轔轔向前，斥候呼喝開路，一路商隊紛紛避讓。

前面一車車的都是掛毯、山羊絨、牛羊肉、金銀器和鐵器，其中間或有一車皮草，都是珍稀的猞猁、沙狐、紫貂、香鼠、雪兔等的皮毛。還有一些活的駝鹿和馴鹿，被長途驅趕著，疲憊不堪地往葉城走去。等到了那兒，應該會被賣到貴族和富豪府邸裡去裝飾他們的園林吧。

朱顏看得有些無趣，便放下簾子，用銀勺去挖一匙羊羹來吃。

然而剛剛端起碗，馬車突地一頓，毫無預兆地停下，車輪在地上發出煞住的刺耳聲。她手裡拿著碗，一個收勢不住，一頭就栽到羊羹裡，只覺得眼前一花，額頭頓時一片冰冷黏糊。

「郡主！郡主！」盛嬤嬤連忙把她扶起來，「妳沒事吧？」

「我……我……」朱顏用手連抹了好幾下，才把糊在眼睛和額頭上的羊羹抹開一點，但頭髮還黏著一片，狼狽不堪。盛嬤嬤拿出手絹忙不迭地幫她擦拭，連聲安慰。然而朱顏心裡的火氣騰一下上來，一掀簾子便探頭出去，把銀勺朝著前頭駕車的那個車夫扔過去，怒斥：「搞什麼？好好地走著，為什麼忽然停了？」

「郡……郡主見諒！」銀勺砸中了後腦，車夫連忙跳下車來，雙膝跪地。「前頭忽然遇阻，小的不得已才勒馬。」

「遇什麼阻？」朱顏探頭看過去，果然看到前面的官道中間橫著一堆東西，若不是車夫勒馬快，他們便要一頭撞上去，不由得大怒。「斥候呢？不是派他們在前頭開路嗎？」

斥候這時候已經騎著快馬沿路奔了回來，匍匐回稟：「郡主，前面有輛馬車由於載貨過多，避讓不及，在路中間翻了車。屬下這就去令他們立刻把東西清走！」

「搞什麼……」朱顏皺了皺眉頭，剛要發火，卻是一陣心虛——本來人家車隊在官道上好好走著，若不是他們一路呼來喝去地要人退避，哪裡會出這種事情？人家翻車已經夠倒楣，要是再去罵一頓，似乎也不大好？

這麼一想，心裡的火氣頓時也就熄了，朱顏頹然揮了揮手說：「算了算了。你去跟他說，翻車的損失我們全賠，讓他趕緊把路讓出來！」

「是。」斥候連忙道：「郡主仁慈。」

她狠狠瞪了前頭一眼，縮回馬車裡。

「郡主，妳何必拋頭露面地呵斥下人呢？」盛嬤嬤擰好了手巾，湊過來一邊細細把她額頭和髮間黏上去的羊羹給擦拭乾淨，一邊數落她：「這樣大呼大叫，還動手打人，萬一被六部裡其他藩王郡主看到了，咱們赤之一族豈不是會被人取笑？」

取笑就取笑，又不會少了我一根寒毛！而且關他們什麼事？我又不是他們族的人，管得倒寬——她哼了一聲，卻不想和嬤嬤頂嘴，硬生生忍住了。

然而等了又等，馬車還是沒有動。

「怎麼啦？」朱顏是個火爆性子，再也憋不住，一下子跳起來，再度探出頭去厲斥：「怎麼還不上路？前面又不是蒼梧之淵，有這麼難走嗎？」

車夫連忙道：「郡主息怒！前……前面的路，還沒清理好。」

「怎麼回事？不是說了我們全賠嗎？還要怎樣？」她有點怒了，一推馬車的門就躍了下去，捲起袖子氣沖沖地往前走。「那麼一點東西還拖拖拉拉地賴在原地，是打算訛我嗎？我倒要看看哪個商隊膽子那麼大！」

「哎，郡主！別出去啊！」盛嬤嬤在後面叫，然而朱顏動作迅捷，早已一陣風一樣地躍到地上，往前面堵路的地方走去。

然而，還沒到翻車的地方，就聽到一陣喧鬧。很多人圍著地上散落的那一堆貨，擁擠著不散，人群裡似乎還有人在厲聲叫罵著什麼，仔細聽去，甚至還有鞭子裂空的刺耳抽打聲。

怎麼回事？居然還有人在路中間打人？她心頭更加惱火，一把奪過了車夫的馬鞭，氣呼呼地拍開人群走上前去，想看個究竟。

「快把這個小崽子拖走！別擋路！」剛一走近便聽到有人大喝，「再拖得一刻，郡主要是發起怒來，誰吃得消？以後還想不想在西荒做生意了？」

人群起了一陣騷動，有兩個車隊保鏢模樣的壯漢衝出去，雙雙俯下身，似乎想拖走什麼，同時不耐煩地叫罵：「小兔崽子，叫你快走！耳朵聾了嗎？還死死抱著這個釭子做什麼？」

其中一個壯漢一手拎起那個釭子，便要往地上一砸，然而下一瞬間，忽然厲聲慘叫起來，往後猛然退了一步，小腹上的血如箭一樣噴出來。

「啊？」旁邊的人群發出驚呼：「殺……殺人了！」

眼看同伴被捅了一刀，另一個壯漢大叫一聲，拔出腰間長刀就衝過去。

「小兔崽子！居然還敢殺人？老子要把你大卸八塊拿去餵狗！」

雪亮的利刃迎頭砍下，折射出刺眼的光。

然而，刀鋒還沒砍到血肉，半空中「唰」的一聲，一道黑影淩空捲來，一把捲住他的手臂，竟是一分也下落不得。

「誰敢在光天化日之下當街殺人？」耳邊只聽一聲清脆的大喝：「還有沒有王法了！」

眾人齊刷刷回頭，看到鞭子的另一頭握在一個紅衣少女的手裡，繃得筆直。那個十七、八歲的少女扠著腰，滿臉怒容、柳眉倒豎。

在看清楚了那個少女衣襟上的王族徽章之後，所有人倒抽一口冷氣，齊齊下跪。「參……參見郡主大人！」

「都給我滾開。」朱顏冷哼一聲，鬆開了鞭子，低頭看著地上。只見在大堆散落的貨物中間，那個被一群人圍攻的，竟是一個看起來只有六、七歲的小孩。

「稟郡主，都是這個小兔崽子擋了您的路！」斥候連忙過來，指著那個孩子厲聲道：「他膽大包天，居然還敢用刀子捅人！」

「捅人？」朱顏皺了一下眉頭，「捅死了沒？」

斥候奔過去看了一眼，又回來稟告：「幸虧那小兔崽子手勁弱，個子也不高，那一刀只是捅在小腹。」

「沒死？那就好。給十個金銖讓他養傷去吧！」朱顏揮了揮手，鬆一口氣。「也是那傢伙自己不好，幹嘛要對一個孩子下手？活該！」

還不是您下令要開路的嗎？斥候一時間無言以對。

朱顏低頭打量著那個孩子，冷笑一聲說：「小小年紀，居然敢殺人？膽子不小嘛！」

那孩子坐在地上，瘦骨嶙峋、滿臉髒汙，看不出是男是女，瞪著一雙明亮銳利的眼睛看著她，手裡握著一把滴血的匕首，宛如負隅頑抗的小獸。腿被重重的鐵器壓住了，不停有血滲出來，細小的手臂卻牢牢抱著一個被破布裹著的大酒甕，似乎用盡了力氣想把它抱起來，卻終究未能如願。

「咦？」那一瞬間，朱顏驚呼起來。「是你？」

聽到她的聲音，那個孩子也看向她，湛碧色的眸子閃了一下，似乎也覺得她有些眼熟，卻沒有認出她來，便漠然扭過頭去，自顧自地站起來，吃力地拖著那個酒甕，想往路邊挪去。

「喂！你……」朱顏愣怔一下，明白了過來——是的，那一天，她臨走時順手消除了這個孩子的記憶，難怪此刻他完全不記得。

怎麼又遇到這個小傢伙啊？簡直是陰魂不散。

她心裡嘀咕一聲，只見那個孩子抱著酒甕剛挪了一尺，「嘩啦」一聲，懷裡的酒甕頓時四分五裂。那個酒甕在車翻了之後摔下來磕在地上，已經有了裂紋，此刻一挪動，頓時便碎裂成一片一片。

剎那間，所有人都驚呼起來，齊齊往後退一步，面露恐懼——因為酒甕裂開後，裡面居然露出了人的肢體！

殘缺的、傷痕累累的、遍布疤痕的，觸目驚心，幾乎只是一個蠕動的肉塊，而不是活人。那個肉塊從破裂的酒甕裡滾落出來，在地上翻滾，止不住去勢，將酒甕外面包著的破布扯開。

什麼？難道是個藏屍罐？

「天啊！」看到破碎的酒甕裡居然滾出一個沒有四肢的女人，周圍的商隊發出了驚呼，看向貨主。「人甕！你這輛車上居然有個人甕？」

那個貨主一看事情鬧大了，無法掩飾，趕忙輕手輕腳走回自己的馬旁，正要翻身上馬，其他商隊的人一聲怒喝，立刻撲上去把他橫著拖下馬。「下來！殺了人還敢跑！」

「我沒有！我沒有！」貨主號天叫屈：「不是我幹的！」

眾人厲斥：「人甕在你的貨車上，你還有什麼好說的？」

貨主拚命辯解：「天地良心！不是我把她做成人甕的啊！我有這麼暴殄天物嗎？那可是個女鮫人！」

「女鮫人？」眾人更加不信，「西荒哪裡會有女鮫人？」

朱顏沒有理會這邊的吵鬧，當酒甕裂開的那一瞬間，她聽到那個孩子喊了一聲「阿娘」，不顧一切地撲過去抱住那個肉塊，將酒甕裡女人軟垂的頭頸托了起來。

那一刻，看清楚了人，朱顏倒抽一口冷氣。

是的，那個罐子裡果然是魚姬！是那個被關在蘇薩哈魯地窖裡的魚姬！這一對母子居然沒有死在大漠的嚴冬裡，反而在兩個多月之後，行走了上千里地，輾轉流落到這裡，又和她相遇。

那一瞬，朱顏心裡一驚，只覺得有些後悔。如果不是她火燒眉毛一樣非要趕著進城，呵斥開路，馬車就不會翻覆，人甕就不會被摔到地上，魚姬說不定也就不會變成這樣。

她怯怯地看了那個孩子一眼，帶著心虛和自責。

然而那個鮫人孩子壓根兒沒有看她，只是拚命抱著酒甕裡的母親，用布裹住她裸露出來的身體。

那邊，其他商隊的人已經將貨主扣住，按倒在地上。幾位德高望重的老商人圍著他厲斥：「你倒是膽大，連人甕都敢做？自從北冕帝發布詔書之後，在雲荒做人甕已經是犯法的行為，你難道不知道嗎？」

「不、不關我的事啊！」那個貨主嚇得臉色蒼白，立刻對著朱顏跪下來，磕頭如搗蒜。「稟告郡主，這、這個人甕和孩子，是小的從赤水邊上撿回來的！這鮫人小孩揹著一個女鮫人，小的看他們兩人可憐，扔在那兒估計挺不過兩天就死了，便順路載了一程……」

一句話未落，旁邊的人又七嘴八舌地斥罵起來：「別在郡主面前瞎扯！你是說這個人甕是你撿來的嗎？說謊話是要被天神割舌頭的！」

「你隨隨便便就能撿到個鮫人？赤水裡流淌的是黃金？當大家是傻瓜嗎？」

那群商人越說越氣憤，捋袖揎拳，幾乎又要把貨主打一頓。

然而朱顏阻攔住了大家道：「他倒是沒有說謊。這人甕的確不是他做的，你們放開他吧。」

商人們面面相覷，卻不敢違抗郡主的吩咐，只能悻悻放開手。貨主鬆一口氣，磕頭如搗蒜。「郡主英明！小……小的願意將這一對母子都獻給郡主！」

朱顏看了那個商人一眼，冷笑一聲。他撿來應該是真的，但什麼叫順路載了一程？這個傢伙，明明就是看這一對母子好歹是鮫人，想私下占為己有，載到葉城去賣賣看吧？畢竟鮫人就算是死了，身體也有高昂的價值，更何況還有這麼一個活著的小鮫人？

「滾開！」朱顏沒好氣，一腳把那個商人踢到一邊，然後彎下腰，幫著那個小孩將地上滾動的肉塊給抱起來。沒有四肢的軀幹抱在懷裡手感非常奇怪，軟而沉，處處都耷拉下來，像是沒有骨頭的深海魚，或者砧板上的死肉。

難怪人說紅顏薄命，當年絕世美麗的女子，竟然落到這樣的下場。

朱顏眼眶一紅，忍著心裡的寒意將魚姬抱起來，小心翼翼地放到旁邊的一堆羊毛毯子上。那個小孩跟在一邊，幫忙用手托住母親的脊椎，把她無力的身體緩緩放下來，然後迅速扯過一塊毯子，蓋住她裸露的身體。

「唉，妳還好嗎？」朱顏撥開她臉上凌亂骯汙的長髮，低聲問那個不成人形的鮫人。那個女子勉強睜開眼睛，看到朱顏，渙散的眼神忽然就是一亮。

「啊……啊……」魚姬吃力地張開嘴，看了看她，又轉過頭看了看一邊的孩子，眼神焦急，湛碧色的雙眸裡盈滿淚水，然而被割去舌頭的嘴裡怎麼也說不出一個字。

當看到人甕真面目的瞬間，所有人又都倒吸一口冷氣。

「天啊！人甕裡的果然是個鮫人？而且居然還是個女的！我剛才還以為那傢伙說謊呢！」

「西荒怎麼會有鮫人？沙漠裡會有魚嗎？還說在赤水旁撿到的，赤水裡除了幽靈紅藫什麼都沒有，怎麼可能還有鮫人？他一定說謊了！」

「我猜，一定是哪個達官貴人家扔掉的吧？」

「鮫人那麼嬌貴的東西，沒有乾淨充足的水源根本活不下去。就算花上萬金銖買了，運回西荒也得花大錢養著，否則不出三個月就會因為脫水而死……除非是王室貴族，一般牧民誰有錢弄這個？」

「有道理！你說得是。」

「真是的，到底是誰幹的？瘋了嗎？竟然把好好的鮫人剁了四肢放進酒甕，臉也劃花了！如果拿去葉城，能賣多少錢啊！」

「唉，看上去她好像快不行了……」

在如潮的竊竊私語中，那個孩子只是拚命用手推著母親，讓她渙散的雙眼不至於重新閉上。然而魚姬的眼睛一直看著朱顏，嘴裡微弱地叫著什麼，水藍色的亂髮披拂下來，如同水藻一樣映襯著蒼白如紙的面容。

「阿娘……阿娘！」那個孩子搖晃著母親，聲音細而顫抖。

旁邊的人打量著這個小孩，又發出一陣低低的議論聲。

「哦，這個孩子也是個鮫人！」

「年紀太小了……只有六十歲的樣子吧？還沒有分化出性別呢。」

這麼一說，很多人頓時恍然大悟。

「難怪那傢伙鋌而走險！一個沒有變身的小鮫人，拿去葉城估計能賣到兩千金銖……可比這一趟賣貨利潤還高啊！」

然而，另外有一個眼尖的商人上下打量一番，搖頭說：「不對，這個孩子看起來也太髒太瘦了吧？肚子那兒有點不對勁，為什麼鼓起來？是長了瘤子嗎？若是身上有病的話，也賣不到太高的價錢。」

「無論怎麼說，好歹能賣點錢。再不濟，還能挖出一雙眼睛做成凝碧珠呢，怎麼也值上千金銖了。換作我，也會忍不住撿便宜啊。」

周圍議論紛紛，無數目光集中在場中的那一對鮫人母子身上，上上下下地掃視，帶著看貨物一樣的挑剔，各自評價。

畢竟，這些西荒商人從沒有像南方沿海的商人那樣，有捕撈販賣鮫人的機會，而葉城東西兩市上鮫人高昂的身價，也令他們其中絕大多數人望而不可及，如今好不容易碰上一個，當然得看個夠。

然而，任憑周圍怎麼議論，那個孩子只是看著母親。

朱顏一直用手托著魚姬軟綿綿的後背。這個女人被裝進酒甕裡太久，脊椎都已經寸斷，失去了力量。朱顏托著她，感覺著鮫人特有的冰涼肌膚，勉強提升垂死之人的生機。

終於，魚姬的氣色略微好一點，模模糊糊地看了她一眼，蒼白的嘴唇動了動，似乎想說什麼，但被割掉的舌頭說不出一句話。

「妳放心，那個害妳的女人如今已經被抓起來，被帝都判了五馬分屍。連她的兒子也死在她的眼前，惡人有惡報！」朱顏將她的肩膀攬起，低聲在她耳邊說道：「妳振作一點。我帶妳去葉城，找個大夫給妳看病，好嗎？」

這個消息彷彿令垂死的人為之一振，魚姬的眼睛驀地睜大了，死死看著朱顏，張了張嘴，嘴角微微彎起，空洞的嘴裡發出低低的笑聲。

「阿娘！」孩子撕心裂肺地叫著她。「阿娘！」

魚姬緩慢地轉過眼珠，看了一眼孩子，彷彿想去撫摸他的頭，奈何沒有雙手。她「啊啊」地叫著，拚命伸過頭去，用唯一能動的臉頰去蹭孩子的臉。朱顏心裡一痛，幾乎掉下淚來，連忙抱著她往孩子的方向湊了湊。

魚姬用盡全力，將臉貼上孩子的小臉，輕輕親了親孩子的額頭。

「阿娘……阿娘！」那一瞬，倔強沉默的孩子終於忍不住哭出來，抱住母親的脖子。「別丟下我！」

魚姬眼裡也有淚水滾落，急促地喘息，看了看孩子，又轉過頭看著朱顏，昏沉灰暗的眼裡閃過一絲哀求，艱難地張了張嘴。

「妳放心，包在我身上！」那一刻，明白了垂死之人的意思，朱顏只覺得心口處熱血上湧，慨然道：「只要有我在，沒人敢欺負妳的孩子！」

魚姬感激地看著她，緩慢地點頭，一下又一下。晶瑩的淚水從眼角接二連三地滾落，流過骯髒枯槁的臉，在毯子上凝結成珍珠。周圍的商人發出了驚嘆，下意識地簇擁過來。

「鮫珠！這就是鮫人墜淚化成的珍珠！」

「天啊，我還是第一次看到！」

「一顆值多少錢？一個金銖？」

在這樣紛雜的議論聲裡，眼淚終於歇止了，魚姬最後深深地看了孩子一眼，頭猛然一沉，墜在朱顏的臂彎裡。那一顆心臟在胸腔裡慢慢安靜，再也不動。

朱顏愣了片刻，頹然地鬆開手。「她……她死了？」

「滾開！」那個孩子猛然顫抖一下，一把將她的手推開，將母親的屍體搶過來死死抱住。「不許碰！」

「你想做什麼？」朱顏愕然，「你娘已經死了！」

孩子沒有理睬她，全身發抖，只是蒼白著小臉，默不作聲地將母親的身體用毯子一層層裹起來，小心翼翼地包裹好，然後打了個結，半拖半拉地竟然想帶著母親的屍體一步一步離開這裡。

「喂……」地毯的貨主叫了一聲，卻畏懼地看了一眼朱顏，又不作聲──這些毯子每一塊都值一個金銖呢！而且，就算這個鮫人死了，那一對眼睛可不能浪費！鮫人的那對眼睛是寶貝，只要用銀刀挖出來，保存在清水裡，去葉城找工匠就可以做成一對凝碧珠，能賣得一個好價錢，說不定比他這一趟貨都賺得多。

然而看到赤王府的郡主在一旁，誰也不敢輕舉妄動。

「怎麼，你要走？」朱顏有些意外，也有些生氣，追上去問了一聲。「你沒聽見你娘臨死前托我照顧你嗎？你現在一個人想去哪裡？」

孩子頭也沒有回，置若罔聞地往前走。

「你聾了嗎？」朱顏皺起眉頭大聲道：「小兔崽子！給我回來！」

但那個孩子依舊沒有停一下地往前走，忍住了眼淚，一聲不吭。他年紀幼小，身體瘦弱，拖著一個人走得很慢，小細胳膊、小細腿不停發抖，在官道上幾乎是半走半爬。

周圍簇擁著的商人面面相覷，個個眼裡流露出惋惜的神色。

這樣一個弱小的鮫人，只怕沒有走出幾里路，就會死在半道上了吧？就算這孩子僥倖挺了過來，活著到達葉城，身為一個沒有丹書身契也沒有主人庇護的無主鮫人，也會被當作逃跑的奴隸重新抓捕，再帶到市場上賣掉——與其如此，還不如在這裡直接被人帶走呢。

跟著赤之一族的郡主，總算是奴隸裡最好的歸宿了。

朱顏在後面一連叫了幾聲，這個小孩拖著母親的屍體，卻還是一步一步地往前走。她心裡也騰一下火了，甩了一下手裡的鞭子，厲聲說道：「誰也不許攔！讓這孩子走！」

擋住的人群驀然散開，給孩子讓出一條路。

那一刻，那個孩子終於回頭看她一眼——孩童的眼眸深不見底，如同湛碧色的大海卻不清澈，充滿了冷漠和敵視，帶著露骨的仇恨。

「我倒要看看，你能走多遠。」朱顏被那樣的眼神一看，忍不住冷笑一聲，用鞭梢指著那個孩子。「小兔崽子，別不識好歹！給我滾，到時候餓死凍死或是被人打死了，都給我有骨氣一點，可別回來求我！」

小孩狠狠瞪了她一眼，頭也不回地往前走。

朱顏氣得跺腳，恨不得一鞭子就把這小崽子抽倒在地上。

「郡主，快回車上來吧！」身後傳來盛嬤嬤的聲音：「別在那兒較勁了，耗不起這個時間，我們還趕著去葉城呢。」

朱顏氣呼呼地往回走，一腔怒氣無處發洩，路過時看到那個貨主和其他商人簇擁在那裡，搶著從地上撿鮫人眼淚化成的珍珠，順手給了一鞭子罵道：「還敢撿？來人，給我拖回赤王府去。竟敢收留無主鮫人，私下販賣！」

貨主痛呼一聲，鬆開撿著珍珠的手，連聲哀求，然而朱顏已經滿懷怒火地跳回馬車上。不過剛進車廂，她又探出頭去，叫來一個斥候吩咐：「去，再帶個人，給我好好跟著那個小崽子！遠遠地跟著。等那小傢伙啥時候撐不住快死了，立刻回來告訴我！」

「是。」斥候領命退去。

朱顏冷笑一聲：「哼，我倒是想看看，那小崽子是不是還能一直嘴硬。有本事，到死也別回來求我！」

馬車搖搖晃晃地往前走，車廂裡很安靜，朱顏似乎有點發呆，托著腮望著外面。

「我說郡主啊……」盛嬤嬤嘆了口氣，在一旁嘮嘮叨叨地開口。

「我知道我知道，這次是我多事！」彷彿知道嬤嬤要說什麼，朱顏怒氣沖沖道：「我就不該管這個閒事！讓那個小崽子直接被車輾死算了！」

「其實……」盛嬤嬤想說什麼，卻最終嘆了口氣。「其實也不怪郡主。妳從小……唉，從小就對鮫人……特別好。怎麼會見死不救？」

特別好？朱顏愣了一下，明白嬤嬤說的是什麼，不由得臉上一熱——是的，這個老嬤嬤看著自己長大，自然知道她以前的那點小心思。十六歲那年，當她第一次體會到什麼叫傷心欲絕的時候，也是這個老嬤嬤一直陪伴在她身邊。在這個老人的眼睛裡，她永遠是個孩子，喜怒哀樂都無從隱藏。

「嬤嬤。」她抬起手，輕輕撫摸著脖子上掛著的那個龍血玉墜，猶豫了許久，終於主動提及那個很久沒有聽到過的名字，遲疑著問：「這些年來，妳……妳聽說過淵的消息嗎？」

盛嬤嬤吃了一驚，抬頭看著她：「郡主，妳還不死心嗎？」

「我想再見他一面。」朱顏慢慢低下頭去，「我覺得我們之間應該還有緣分，不應該就這樣結束。那一夜，無論如何都不該是我們的最後一面。」

盛嬤嬤顯然有些出乎意料，沉默許久才道：「郡主，妳要知道，所謂的緣分，很多時候不過是還放不下時自欺欺人的痴心妄想而已。」

朱顏臉色蒼白了一下，忽地一跺腳，「可是人家就是想再見他一次！」

「再見一次又如何？」盛嬤嬤嘆了口氣，「唉，郡主，人家都已經把話說得很清楚——他並不喜歡妳。妳已經把他從王府裡逼走了，現在難道還想追過去，把他逼到天涯海角不成？」

「我……」朱顏嘆了口氣，懨懨垂下頭去。其實，她也不知道如果再見到淵又能如何，或許只是不甘心吧。

從小陪伴她一起長大的那個人，俊美無倫、溫柔親切，無數個日日夜夜和她一起度過，到頭來居然不屬於她——她最初的愛戀和最初的痛苦，無不與他緊密相關，他怎能說消失就消失了呢？

朱顏托著腮，呆呆地出神，盛嬤嬤卻在耳邊嘆著氣，不停嘮叨：「鮫人嘛，妳也是知道的，他們不但壽命是人的十倍，而且生下來的時候都沒有性別。」盛嬤嬤咳嗽了幾聲，似乎是說給她聽。「當成年後，遇到喜歡的人，第一次動了心，才會出現分化——如果喜歡上女人，就會對應地變成男子。所以，要麼是兩個都沒有性別的小鮫人相互約好，去海國的大祭司面前各自選擇，雙雙變身……」

「我知道。」她知道嬤嬤的言下之意，輕聲呢喃，幾不可聞地嘆一口氣。「我都知道的……」

是的，在她遇到淵的時候，這個居住在赤王府隱廬裡的鮫人已經兩百歲，也已經是個英俊溫柔的成年男子——那麼，他曾經遇到過什麼樣的往事？愛上過什麼樣的女子？那個人後來去了哪裡？而他，又為何會在赤王府裡隱居？

這些，都是在她上一輩子時發生的事情了，永遠不可追及。

傳說中鮫人一生只能選擇一次性別，就如他們一生只能愛一個人一樣，一旦選擇，永無改變——這些，她並不是不知道的。可是，十六歲情竇初開的少女勇猛無畏地衝了上去，以為可以挑戰命運。因為在那之前，她的人生順風順水，幾乎沒有得不到的東西。

可是奮不顧身地撞得頭破血流，只換來這樣的結局。

時間都已經過去兩年多，原本以為回憶起來心裡不會那樣痛，可是，一想到那糟糕混亂的一夜，淵那樣吃驚而憤怒的表情，她心裡就狠狠地痛了一下，如同又被人迎面摑了一個耳光。

其實，那一夜之後，她就該死心了吧？

那一年，她十六歲，剛剛出落成亭亭玉立的少女，明眸皓齒、顧盼生輝，豔名遠播西荒，幾乎每個貴族都誇赤王的獨女美麗非凡，簡直如同一朵會走路的花。

「阿顏是朵花？」父王聽了卻只是哈哈大笑，「霸王花嗎？」

「父王！」她氣壞了，好不容易忍住一鞭子揮出去的衝動。

然而，從那一年開始，顯然是覺察出這個看著長大的孩子已經到了情竇初開的年紀，淵開始處處刻意和她保持距離。他不再陪她一起讀書騎馬，不再和她一起秉燭夜遊。很多時候，她黏上去，他就躲開。因為她去得勤，他有時候甚至會離開王府裡的隱廬，一連幾天不知去向。

換作是一般女子，對這樣顯而易見的閃躲早就心知肚明，知難而退。但十六歲的少女懵懂無知且滿懷熱情，哪裡肯被幾盆冷水潑滅？然而毫無經驗的她不知道，感情如同手中的流沙，越是握得緊，便會流逝得越快。

那一夜，她想方設法，終於把淵堵在房間裡。

「不許走！我……我有話要對你說！」十六歲的少女即將進行生平第一次告白，心跳如鼓，緊張而羞澀，笨拙又著急。「你……你……」

「有什麼話，明天再說。」淵顯然看出她的不對勁，態度冷淡地推開她便要往外走。「現在已經太晚了。」

眼看他又要走，她心裡一急，便從頭上拔下玉骨。

那是她在離開九嶷神廟後，第一次使用術法。

用玉骨做畫筆，一筆一筆描畫著自己的眉眼，唇中吐出幾乎聽不見的輕聲咒語。當玉骨的尖端一寸一寸地掃過眉梢眼角時，燈下少女的容顏便悄然發生改變——那是惑心術。使用這個術法，便可以在對方的眼裡幻化成他最渴望看到的女人模樣。

「淵！」在他離開房間之前，她施術完畢，從背後叫了他一聲。他皺著眉頭，下意識地回頭看她一眼——在回頭的那一刻，他猛然震了一下，眼神忽然改變。

成功了嗎？那一瞬間，她的心臟狂跳起來。

「是……是妳？」淵的眼神充滿震驚和不可思議，帶著從未見過的灼熱。那種眼神令她心裡一跳，幾乎想下意識地去拿起鏡子，照一下自己此刻的模樣。她想知道，刻在淵心裡的那張臉，到底是什麼模樣？

「怎麼會是妳？」在她剛想去拿鏡子的那一刻，他忽然伸出手抓住她，脫口而出：「是妳……是妳回來了嗎？不可能！妳……妳怎麼還會在這裡？」

她心頭小鹿亂跳，急促地呼吸，不敢開口。他的呼吸近在耳畔，那一刻，思緒極亂，腦海一片空白，竟是不知道該做什麼。

她修為尚淺，這個幻術只能維持一個時辰，每一分每一秒都很寶貴。然而，淵在一步之遙的地方停住了，凝視著她伸出手，遲遲不敢觸碰她的面頰。

怎麼啦？為什麼不動？她屏聲斂氣地等待很久，他還是沒有動，指尖停留在她頰上一分之外，微微發著抖，似乎在疑惑著什麼。

生怕時間過去，十六歲的少女鼓足勇氣，忽然踮起腳尖，一把抱住他的脖子，笨拙地狠狠親了他一下。

鮫人的肌膚是冷的，連唇都微涼。

她親了他一下，然後停住了，有些無措地看著他，彷彿不知道接著要怎麼做。她從小是個天不怕地不怕的人，此刻卻緊張得手腳發冷，臉色如紅透的果子，簡直連頭都抬不起來。

然而那個笨拙的吻，彷彿在瞬間點燃了那顆猶豫沉默的心。

「曜儀！」淵一把抱住她，低聲道：「天……妳回來了！」

他的吻是灼熱的，有著和平日那種淡淡溫柔迥然不同的狂烈。她「嚶嚀」一聲，一時間只覺得頭暈目眩，整個身體都軟了，腦海一片空白。

手一鬆，玉骨從指間滑落，「叮」一聲掉在地上。

那個聲音極小，卻驚破了她精心編成的幻境，彷彿是一道裂痕迅速蔓延，將原本蠱惑人心的術法瞬間破開。

那一刻，對面那雙燃燒著火焰的瞳子忽然變了，彷彿有風吹過來，將遮蔽心靈的烏雲急速吹去。淵忽地僵住，凝視著她，猛然看到她頸中露出的那個墜子，眼神裡露出一絲懷疑和詫異，一把將它扯出來，拿在手裡看了又看。她的心臟撲通直跳，捏著訣拚命地維持，不讓術法失效。

「妳是誰？」淵皺著眉，突然問。

她不敢說話，連忙低下頭去。這個幻術她修練得還不大好，只能改變容貌，不能同時將聲音一起改變，所以生怕一開口，語聲的不同便會暴露自己的真面目。

「為什麼不說話？」淵眼裡的疑惑更深，「為什麼不敢看我？」

她緊張得連呼吸都不敢，只是沉默地低頭。他審視著她，眼神變幻。「不對……時間不對！曜儀活著的時候，我還沒有拿到龍血古玉！」他看著她脖子上的掛墜，語氣困惑而混亂。「不對，她應該已經死了……在很多很多年前，就已經死了！妳……妳到底是誰？」

「我……」她張了張口，不知道該說什麼。

淵往後退一步，靠在牆上，微微閉上眼睛，似乎在竭力掙扎著，表情一時間極其複雜和痛苦。朱顏不由得心裡忐忑到了極點——這個幻術，如果不能完全迷惑對方，會不會對他造成什麼傷害？又會對自己造成什麼傷害呢？

她看到淵掙扎的樣子，越想越害怕，不由自主將捏著訣的手指鬆開了。

「對、對不起，」她開了口，顫聲說道：「我……」

然而，不等她說出話，他身體一震，驟然睜開眼睛，竟然反手就是一個巴掌打在她臉上。那一刻，淵的眼神充滿從沒有過的凶狠，再也沒有平日的溫柔，如同出鞘的刀鋒。

「妳不是曜儀！」他厲聲道：「妳究竟是誰？為什麼冒充她！」

他下手極重，她捂著臉，被那一掌打得踉蹌靠在牆上，怔怔地看著他，一瞬間只覺得不可思議。這……這是怎麼回事？淵剛才竟然衝破自己的術法，強行從惑心術的幻境控制裡清醒過來。他……他哪裡來的這種力量？

即便是有修為的術士，也無法那麼快擺脫九嶷的幻術。

「妳究竟是誰？」淵看著她，瞳孔慢慢凝聚起憤怒，忽地一把抓住她的脖子，將她按在牆壁上厲聲道：「好大的膽子，竟敢冒充曜儀！」

「放、放手！」她又痛又驚，一時間竟說不出話來。「我是……」

心頭一怯，那個幻術便再也支撐不住，飛快地坍塌崩潰。那一刻，彷彿面具被一點一點揭開，那張虛幻的容顏碎裂，如同灰燼從她臉上簌簌而落。

面具剝落後，剩下的只有一張少女羞憤交加的臉。

「阿顏？怎麼會是妳？」清醒過來的淵一眼便認出她，宛如觸電般往後退一步，定定地看著她。「妳瘋了嗎？妳想做什麼？是不是……是不是有人指使妳那麼做？是誰？」

她僵在那裡，剎那間只覺得全身發抖。

那一刻，即便是從沒有談過戀愛的她，也在瞬間就知道答案：因為在清醒過來看到她真容的那一瞬間，他眼裡只有震驚、不可思議的憤怒和無法抑制的懷疑。

他，甚至以為自己是被人指使來陷害他的！

「沒人指使我！」她一跺腳，驀地哭出來。「我……我自己願意！」

淵倒吸一口冷氣，不敢相信地看著她，一時間臉色也是蒼白。

「妳……妳怎麼……」他竭力想打破這個僵局，卻也有些不知如何是好

——是啊，記憶裡那個純真無邪的孩子長大了，出落成眼前亭亭玉立的少女，

含苞待放，有著大漠紅棘花一樣的烈豔和美麗。和當年的曜儀，倒是真有幾分相像。

只可惜時間是一條永不逆流的河，那些逝去的東西，永遠不可能在後來人的身上追尋。

「好了，別哭了。」他一時間也有些心亂如麻，只道：「別哭了！剛才打疼妳了嗎？」

「嗚嗚嗚……」可是她哪裡忍得住，撲進他懷裡哭得越發傷心。

然而她不知道，她的貼身侍女生怕出事，早已偷偷跑去母妃那邊，將今晚的一切都飛快地稟告上去。當父王母妃被驚動而趕過來時，她正在淵的懷裡哭得全身發抖，甚至顧不得將身上的衣衫整理好，只有滿心的委屈和憤怒。

看到這樣的情景，父王當即咆哮如雷，母妃則抱著她一迭聲地喊著她的名字，問她有沒有被這個鮫人奴隸欺負了。而她一句話也不想說，只是哭得天昏地暗，其中有羞愧，更有恥辱和憤怒。

枉費她那麼多年的私心戀慕，不惜放下尊嚴、想方設法，甚至還不擇手段地動用所學的術法。到頭來，竟是換來這樣的結果。

在父王的咆哮聲裡，侍衛們上來抓住淵。他沒有反抗，卻默然從懷裡拿出一面金牌，放在所有人面前。那是一百年前，先代赤王賜予他的免死鐵券，銘文上說明此人立有大功，凡是赤之一族的後世子孫，永不可加刑於此人。

然而父王只氣得咆哮如雷，哪裡顧得上這個，大喝：「下賤的奴隸，竟敢非禮我女兒！管你什麼免死金牌，頂個屁用！馬上給我把他拉出去，五馬分屍！」

「住手！」那一刻，她卻忽然推開母妃，叫了起來：「誰要是敢動他一下，我就死給你們看！」

所有人立刻安靜下來，轉頭看著她。

她哭得狼狽，滿臉都是淚水，卻揚起臉看著父王大聲說：「不關淵的事！是……是我勾引他的！但很不幸，並……並沒有成功。所以……所以其實沒什麼損失，自然也不必為難他。」

這一番言辭讓全場都驚呆了，直到赤王一個耳光響亮地落在女兒臉上，把她打倒在地，又狠狠踢了她一腳。

「不要臉！」赤王咬牙切齒，眼睛血紅。「給我閉嘴！」

「我喜歡淵！」她的頭被打得扭向一邊，又倔強地扭回來，唇角有一絲血，狠狠地瞪著父親。「我就不閉嘴！這有什麼見不得人？你要是覺得丟臉，我立刻就跟他走！」

赤王氣得發抖。「妳敢走出去一步，我打斷妳的腿！」

「打斷我的腿，我爬也要爬著走！」她從地上站起來，掙脫母妃的手往外走去。旁邊的侍從既不敢攔又不敢放，只能尷尬無比地看著她。

然而，她剛走到門口，就被一隻手拉住了。

淵站在那裡看著她，微微搖了搖頭說：「不要做傻事。」

那一刻，她如受重擊，眼裡的淚水一下子又洶湧而出。「你……你不要我嗎？」

「謝謝妳這樣喜歡我，阿顏。但是我不喜歡妳，也不需要妳和我一起走。」淵開口，語氣已經平靜如昔。「妳太小，屬於妳的緣分還沒到呢……好好保存著妳的心，留待以後真正愛妳的人吧。」

他掰開她抓著他衣袖的手，就這樣轉身離去。

「淵！」她撕心裂肺地大喊，想要衝出去，卻被嬤嬤死死抱住。

那一夜，淵被驅逐出了居住百年的赤王府。赤王什麼都不允許他帶走，並下令終身都不允許他再踏入天極風城一步。他沒有反抗，只是沉默地放下懷裡的免死金牌，孑然一身走入黑夜裡。

走的時候，他回頭看了她一眼，卻沒有說話。

那是他們之間的最後一面。

那一夜之後，她大病一場，昏昏沉沉地躺了兩個月，水米不進，一句話也不肯說。盛嬤嬤聞聲趕來，陪著她度過那個漫長的夏天，然後，又看著她在秋天反常地活潑起來，重新梳洗出門，大碗喝酒、大塊吃肉，每夜在篝火前跳舞，白天呼朋引伴地出遊打獵。那段時間，她幾乎是日日遊樂、夜夜狂歡，整個天極風城都為之熱鬧無比。

如此鬧騰了一年後，西荒對此議論紛紛，父王終於忍無可忍，出面為她選定了夫家，並在第二年就匆匆將她嫁往蘇薩哈魯。

再往後，便是幾個月前那一場驚心動魄的變故。

那一夜驅逐了淵之後，生怕王府的醜聞洩露，知道那一夜事情的侍從都被父王一個個祕密處理掉了，只剩下這個靠得住的心腹老嬤嬤。從此，整個王府上下，再也沒有人知道那件事……

彷彿是那一夜的鬧騰消耗完了少女心裡的一點光和熱，十六歲的朱顏沉默了好長一段時間，也對那個消失的人絕口不提。

那是她一生裡最初的愛戀，卻得到如此狼狽不堪的收場。

淵……此刻到底是在哪裡？朱顏坐在搖晃的馬車裡，輕輕用指尖撫摸著脖子上他送給她的墜子，望著越來越近的葉城嘆了口氣。

這個淵送給她的玉環上，已經有一個小小的缺口。那是在那一夜的混亂中，她跌倒在地時無意中磕裂的，再也無法修補。原本那樣圓滿的環，便成了玦。

環——還。

玦——決。

或許淵當初送她這個墜子的時候，心裡曾經期許她一生會美滿幸福。可是等她從九嶷還家，他最終還是如此決絕地離開。

一晃眼兩年過去，她十八歲了，嫁了人又守寡，人生大起大落，從雲荒的一端漂泊到另一端，卻始終不知道自己的命運究竟如何。而淵一直杳無消息，就像是一去不復返的黃鶴，自她的人生消失。

曜儀……曜儀。

他脫口喊過的那個名字，如同一根刺一直扎在她心頭。如果此生還有機會再見，她一定要親口問問他，這個女子究竟是誰？

第九章　碧落

暮色初起的時候，朱顏一行終於抵達葉城腳下。

作為伽藍帝都的陪都，葉城的地理位置極其重要，位於鏡湖的入海口，一側是鏡湖，一側是南方的碧落海，由歷代誕生空桑皇后的白之一族掌管，自古以來便是雲荒大地上最繁華富庶的城市。

天色已暗，從官道這邊看過去，這座有著幾千年歷史的城市彷彿是浮在雲中，巍峨而華麗，畫梁雕棟、樓宇層疊。入夜之後滿城燈火燦爛，如同點點密集繁星，更像是一座浮在天上的城池。

「到了到了！」朱顏再也忍不住地歡呼起來，一掃心頭的低落。

然而，當先的斥候策馬返回，單膝跪地，稟告一個令人掃興的消息：「稟告郡主，我們到得遲了，入夜後城門已經關閉。」

「已經關了？真是的，都是被那一場鬧騰給耽擱的。」朱顏皺起眉頭吩咐：「你去告訴城上守衛，我們是赤王府的人，由封地朝覲入城，有藩王金腰牌為證，這一路上各處都通行無阻。」

「屬下已經通報過了。」斥候有些為難地說：「可是……可是守城官說總督治下嚴格，葉城乃雲荒門戶，時辰一過，九門齊閉，便是帝君也不能破例。」

「嚯！好大的口氣！」朱顏倒是被氣得笑了，「我不信當真換了帝君被關在城門外，他也敢這麼硬氣就是不開！我倒是要和他評評理去。」

她脾氣火爆，說到這裡一掀簾子，便要走下馬車。盛嬤嬤卻扯住她的衣襟，好言相勸：「哎，我的乖乖。葉城如今的總督是白之一族的白風麟，雪鷺郡主的長兄，還是算了吧。」

「雪鷺的哥哥又怎麼啦？」朱顏不服，「我就怕了他嗎？」

「唉，真是不懂事。」盛嬤嬤嘆了口氣，抬手指了指城頭。「妳如果胡亂闖過去，鬧了個天翻地覆，這件事很快會在六部貴族裡傳遍……赤王府可丟不起這個臉。妳爹要是知道，一定會狠狠責罵妳。」

朱顏愣了一下，想起父王憤怒咆哮的樣子，頓時便氣餒。「那……今晚怎麼辦？難道就在馬車裡住一夜？」

「身為天潢貴胄，怎能和這些商賈一起睡在半道上？」盛嬤嬤搖頭，「赤王在這城外設有一座別院，不如今晚就住那兒吧，明天一早再進城。」

朱顏不由得睜大眼睛。「我家在這裡還有別院？我怎麼不知道？」

「妳從小就知道玩，哪裡還管這些瑣碎事情？」盛嬤嬤笑了，「空桑六部藩王共有雲荒六合，赤王在葉城和帝都當然都有行宮別院，這有什麼稀奇？」

「哇！」她不由得咋舌，「原來我父王這麼有錢啊！」

「畢竟是六部之王。不過說有錢，藩王裡還是數白王第一。」盛嬤嬤搖著頭，絮絮閒聊：「人家是世代出皇后的白族，和帝王之血平分天下，不但擁有最富庶的封地，還掌管著商貿中心葉城呢。」

朱顏不由得皺眉，有些不快。「啊……那麼說來，我們赤之一族掌管的西荒，豈不算雲荒最窮的一塊封地嗎？」

盛嬤嬤呵呵笑了一聲，倒也沒有反駁。

「難怪每次碰到雪鶯，她身上穿戴的首飾都讓人閃瞎眼。羊脂玉的鐲子、鴿蛋大的寶石……那次還拿了一顆駐顏珠給我看，說一顆珠子就值半座城。」

朱顏性格大剌剌的，本來沒有注意過這些差別，但畢竟是女孩子，此刻心裡也有些不爽快起來，嘀咕：「原來她父王那麼有錢？」

盛嬤嬤笑著替她整理一下衣服，嘴裡安慰道：「郡主別氣。赤王只有妳一個女兒，雪鶯郡主卻有十個兄弟姊妹。」

「也是！」朱顏頓時又開心起來，「我父王只疼我一個！」

說話之間，一行人便往別院方向走去，下馬歇息。

說是別院，卻是大得驚人，從大門走到正廳就足足用了一刻鐘。朱顏看著裡面重重疊疊的樓閣、如雲聚集的僕婢、金碧輝煌的陳設，不由得愕然。「怎麼這個別院看上去，倒是比天極風城的赤王府還要講究？」

「西荒畢竟苦寒，比不得這邊。」盛嬤嬤笑道：「郡主可別忙著說這座別院大，等看到了葉城裡的赤王行宮，還不知道要怎麼吃驚呢。」

「父王他怎麼在這千里之外置辦了那麼多房產？這麼亂花錢，母妃知道嗎？他不會是在這裡養了外室吧？」朱顏詫異，「而且這麼大的宅子，平時有人住嗎？」

「赤王上京的時候，偶爾會住個幾天。」盛嬤嬤道：「平時沒人住的時候，大堂和主樓都封著，奴僕們也不讓進去。」

朱顏皺眉說：「那麼大的房子就白白空著嗎？不如租出去給人住。」

「那怎麼行？真是孩子話。」盛嬤嬤笑著搖頭，「赤王畢竟是六部藩王之一，在帝都和葉城這種權貴雲集的地方怎麼也不能落於人後，太丟顏面了。」

「為了面子這麼花錢？」朱顏心裡不以為然，卻還是一路跟著她走進去。他們一行人來得倉促，沒有事先告知，別院裡的總管措手不及，有點戰戰兢兢地上來行了個禮，說沒有備下什麼好食材，葉城的市場也已經關閉，今晚只能將就著吃一點簡餐，還望郡主見諒。

「隨便做一點就行，快些！」她有些不耐煩，「沒松茸燉竹雞就算了，我快餓死啦。」

總管連忙領命退去，不到半個時辰便辦好了。朱顏跟著侍女往前走，見房間裡明燭高照，紫檀桌子上是六道冷碟、十二道菜餚、各色菓子糕點，滿滿鋪了一桌，看得朱顏瞠目結舌。即便是在天極風城的赤王府裡，除非是逢年過節，她日常的晚膳也絕少有這樣豐盛。

「就我一個人，做這麼多，怎麼吃得完？」她一邊努力往嘴裡塞東西，一邊對著盛嬤嬤嘟囔：「別浪費……等下拿出去給大家分了！」

「是。」盛嬤嬤只笑咪咪道：「郡主慢點，別吃噎著了。」

菜餚樣式太多，她挨個嘗了一遍，基本便吃飽了。然而菜的味道實在好，很多又是在西荒從沒吃過的，她沒忍住，便又挑著好吃的幾樣猛吃，一頓下來立刻就撐得站不起來。

「郡主，晚上妳睡西廂這邊吧。」盛嬤嬤扶著她慢慢出了門，指著後院的左側。「那本來就是王爺為妳留的房間，房裡一切都按照妳在赤王府的閨房布置，妳睡那兒應該不會認生。」

「好……」她扶著腰，打了個嗝。「父王居然這麼心細。」

「王爺可疼郡主了。」盛嬤嬤微笑，「就這麼一個寶貝女兒。」

西廂樓上的這個房間很大，裡面的陳設果然和王府的閨房一模一樣，只是更加華美精緻。朱顏坐了一整日的車，晚膳又吃得太飽，頓時覺得睏乏，隨便洗漱了一下便吩咐侍女鋪床，準備睡覺。

趁著睡前的這個空檔，她走到窗前看了一眼外面的景色，發出一聲情不自禁的驚嘆：「天啊，好美！」

從樓上看出去，眼前居然是一片看不到盡頭的燦爛銀色，如同銀河驟然鋪到眼前——那是一望無際的大海。浸在溶溶的月色裡，波光粼粼，在無風的夜裡安靜地沉睡。

生於西荒的朱顏從未見過這樣的景象，一時間竟被震得說不出話來。

「這是碧落海，七海之中的南方海，鮫人的故國。」盛嬤嬤走到她身後笑道：「郡主還是第一次看到吧？美不美？」

她用力點著頭，脫口說道：「美！比淵說的還要美……」

然而話一出口，她就愣了一下，神色黯淡下去——是的，這就是淵魂牽夢縈的故國。淵是不是去了那裡？他在乾涸的沙漠待那麼久，百年後，終於如一尾魚一樣游回湛藍的大海深處，再也找不到。

「睡吧。」她沉默地看了一會兒大海，終於關上窗子。

衾枕已經鋪好，熏香完畢，她換上鮫綃做的柔軟衣衫，從頭上抽出玉骨，解開了頭髮梳理一回，便準備就寢。侍女們替她放下珠簾，靜悄悄地退出去，只留下盛嬤嬤在外間歇息。

朱顏將玉骨放在枕頭下，合起雙眼。

累了這一天，本該沾著枕頭就睡著，然而不知道為什麼，她翻來覆去好一會兒。不知道是因為明天就要去天下最繁華的葉城，還是因為離大海太近，聽到濤聲陣陣，總令她不自禁地想起淵。

她曾經想過千百次淵會在哪裡，最後的結論是，他應該回到了碧落海深處，鮫人的國度——或者，會在葉城，鮫人最多的地方。

她想找到他，可是，那麼大的天、那麼大的海，又怎麼能找到呢？

朱顏摸著脖子上淵送給她的那個墜子，枕著濤聲，終於緩緩睡去。

然而，當她剛閉上眼睛矇矓入睡時，忽然外面傳來急促的腳步聲，從樓梯一路奔上來，將她剛湧起的一點睡意驚醒。

「誰啊？」她不由得惱怒，「半夜三更的！」

「稟告郡主！」外面有人氣喘吁吁地開口，竟是日間那個斥候的聲音，「您……您讓我跟著的那個鮫人小孩……」

「啊？那個小兔崽子怎麼了？」她驟然一驚，一下子睡意全無，一骨碌翻身坐起來。「難道真的死在半路上嗎？」

外面的斥候搖頭，喘著粗氣說：「不……那個小兔崽子跑去碼頭上！」

「啊？那個小兔崽子去了碼頭？」朱顏從床上跳起來，一邊用玉骨草草綰了個髮髻一邊問：「該死的……難道是想逃回海裡去嗎？你們有沒有攔住他？我跟你去看看！」

「郡主，都半夜了，妳還要去哪兒？」盛嬤嬤急匆匆地跟出來，「這兒是荒郊野外，也沒官府看管，妳一個人出去，萬一發生什麼事……」

「別擔心，我可是有本事的人！誰能奈何得了我？」朱顏急著想甩脫她，便道：「好了，我把這府裡所有侍衛都帶上總行了吧？去去就回。」

話音未落，她已經翻身騎上一匹駿馬，策馬衝了出去。

「快！快跟上！」盛嬤嬤攔不住，便在後頭著急地催促著所有侍衛：「都給我跟上！郡主要是有什麼閃失，你們都保不住腦袋！」

別院外的一箭之地，就是大海。

這裡的海很平靜，兩側有山脈深入海中，左右回抱，隔絕外海風浪，是罕見的天然優良深水港，名為回龍港，是葉城最大的海港。據說七千年前，星尊大帝滅亡海國之後，擒回龍神，帶領大軍班師回朝，便是從這裡上岸。

此刻，月夜之下，無數商船都停靠在這裡，林立的桅杆如同一片微微浮動的森林。

斥候帶著她飛馳，直接奔海港而去，在一處停下，指著不遠處的一個碼頭說道：「那個鮫人小孩一路拖著母親的屍體來到這裡，然後找了個沒人的偏僻碼頭，把她放到了水裡。」

「這個我知道。」朱顏有些不耐煩地說：「鮫人水葬，就算是在陸地上死了，身體也要回歸大海。那個小兔崽子呢？」

斥候回稟：「因為怕那孩子跳海逃走，我留下老七看著，自己飛馬回來稟告。他就在最外面那個船塢旁邊，屬下馬上領郡主前去！」

碼頭的地面高低不平，已完全不適合騎馬，朱顏便握著馬鞭跳下地，隨著斥候朝那邊步行過去。此刻，身後赤王府的侍衛紛紛趕到，也一起跟了上來。

海風涼爽，吹來淡淡的腥味，是在西荒從未聞到過的。朱顏踩著被海水泡得發軟的木質棧橋往前走，耳邊是濤聲，頭頂是星光，一時間不由得有些失神地想：海國若沒有滅亡，鮫人的家園該是多美啊……

然而剛想到這裡，斥候忽地止住腳步，低聲道：「不對勁！」

「怎麼了？」朱顏一怔。

「有好多腳步聲……那裡。」斥候低聲道，指著最遠處的那個碼頭。那裡是一片船塢，停泊著幾艘正在修理的小船，在月夜下看去黑黝黝的一片。「那邊本來應該只有老七一個人在！哪來那麼多人？」

朱顏倒抽一口冷氣，也聽到碼頭那邊的異動。

那邊的腳步聲輕捷而快速，彷彿鹿一樣在木板上點過，聽上去似乎有五、六個人同時在那邊。

「誰在那邊？」朱顏畢竟沉不住氣，大喊了一聲拔腿奔過去，同時吩咐後面跟上來的侍衛：「給我堵住棧橋！甕中捉鱉，一個都不要放過！」

碼頭伸向大海，棧橋便是唯一回陸地的途徑。不管對方是誰，只要他們守住了這個要道，那些人便怎麼也逃不了。

聽到她的聲音，那些腳步聲忽地散開來，如同奔跑的鹿，飛快地點過木板。然而聽聲音，那些被圍堵在碼頭上的人竟然沒有朝著陸地返回，而是轉頭直接奔向大海。

不好，那些人走投無路，竟然要跳海嗎？

等朱顏趕到那裡的時候，看到幾條黑影沿著棧橋飛奔，速度飛快，到了棧橋盡頭忽地一躍，在月光下劃出一道銀線，輕捷地落入大海。身形輕巧，落下時海水自動朝兩邊劈開，竟是一朵浪花都沒有濺起。

所有侍衛都還在岸上等著攔截，此刻不由得看呆了，連朱顏也不禁愣住。這些人，難道打算從海裡游回陸地不成？

她還沒回過神，就聽到斥候的驚呼：「老七！老七！」

回頭看去，只見另一個斥候躺在船塢裡，全身是血，胸口插著一把尖利的短劍，似是和人激烈地搏殺過一回，最後寡不敵眾被刺殺在地。

「屬下沒用……那……那個孩子……」奄奄一息的人用盡最後力氣，指著棧道的盡頭。「被他們、被他們搶走了……」

「以多欺少，不要臉！」朱顏氣得一跺腳。「放心，我替你報仇！」

她毫不猶豫地朝著棧橋盡頭飛奔而去，胸口燃燒著一股怒火，任憑斥候和侍衛在後面大聲驚呼也不回頭。那個瞬間，她已經一腳踏出了棧橋的最後一塊木板，落下去的時候，卻穩穩踩住水面。

這是浮空術。朱顏踏浪而行，追了過去。然而剛才那幾個人水性卻是極好，猛地躍入水中後竟然沒有浮上來換上一口氣，就這樣消失在粼粼的大海之中。

「往哪裡跑？出來！」她在海上繞了一圈，怎麼也不見人影，心中大恨，再也顧不得什麼，便從頭上拔下玉骨，「唰」地對著腳下的大海投了出去。

玉骨如同一只銀梭，閃電般穿行在碧波之下。

她默默念動咒術，控制著它在水下穿行，尋找著那一行人的蹤影。片刻後忽然一震，手指迅速在胸口劃過、結印，遙遙對著水面一點——只聽「唰」的一聲，一道白光從海底飛掠而起！

玉骨穿透了海水，躍出海面。

海水在一瞬間分開，彷彿被無形的利刃齊齊劈開。

在被劈開的海面之下，她看到那個鮫人小孩。孩子被抱在一個人的手裡，那人穿著鯊皮水靠，正在水底急行。玉骨如同一枝呼嘯的響箭，在水下穿行而來，如同長了眼睛一樣追逐著，瞬間將這人的琵琶骨對穿。

「找到了！」朱顏低呼一聲，踏波而去，俯身下掠，一把將那個孩子抱起來。那個鮫人小孩已經失去知覺，在她懷裡輕得如同一片落葉。

「你們是誰？」她厲聲道。
那些人沒有回答她，為首的一人忽地呼哨一聲，所有人頓時在海裡輕靈迅捷地翻了一個身，踏著海浪一躍而起，朝著她飛撲過來。
那樣的身手，絕非人類能及。
「你們……你們是鮫人？」那一瞬，朱顏失聲驚呼。
冷月下，那些人的眼睛都是湛碧色的，水藍色的長髮在風裡散開，飄逸如夢幻。然而，他們的身手迅捷狠厲，快如閃電，充滿力量，顯然是久經訓練，和鮫人一族的柔弱天性截然不同。
她因為震驚後退，手裡抱著孩子無法拔出武器。玉骨「唰」地回來，繞著她身側旋轉，如同一柄懸空而有靈性的劍。
岸上的侍從們從碼頭上解開一艘船，朝著這邊划過來，然而那些鮫人躍波而出，將她圍在中間，從各個方向攻擊，每一個人手裡都拿著閃著寒光的利刃，配合得非常巧妙，顯然不是等閒之輩。
「郡主……郡主！」侍從們驚呼：「快往這邊來！」
她踏波後退，將昏迷的孩子護在懷裡，手指一點，用出了天女散花之術。

玉骨在空中瞬間一分為五，朝著五個攻擊過來的人反擊回去。

這是她生平第一次用術法對戰，然而震驚和憤怒蓋過了忐忑，令她顧不得什麼。雖然師父曾經教授過她怎樣用玉骨化劍，以一敵百，但她從未認真修習，此刻只能將所記得的皮毛全數使出來，卻還是左支右絀。早知如此，應該回去好好看那本手記小札才是。

「去！」她提了一口氣，操縱著玉骨，五道流光在空中急速迴旋，忽地下壓，把那些鮫人往後逼退一步，她趁機抱著孩子往小船的方向退去。

「郡主，快！」船上的侍從對她伸出手來。

她踏波疾奔而去，足尖點著波光粼粼的海面，如同一隻赤色的舞鸞。然而，當她快要接近那艘船的時候，眼神忽地凝固一下，盯著船邊緣處的海面，身形一頓，驟然往後急退。

「郡主？」侍從們愕然，「怎麼了？」

就在那一剎那，水底那一點黑色迅速變大，船邊的海水裂開來，「嘩啦」一聲，有一個鮫人竟然從海底一躍而起，一瞬間抓住她的腳踝，把她往海底拖下去。

「郡主……郡主！」突然生變，所有人失聲驚呼。

聲音未落，朱顏已經從海面上消失。

她被拖下大海，迅速向著海底沉下去，但仍死死抱著懷裡的孩子。如果她放手，那個鮫人孩子就會被搶走；但不騰出手，她就無法結印施展術法。

在這樣的短暫猶豫之中，她被飛速拖入海底。

頭頂的月光飛快地消失，周圍變得一片昏暗。那隻手冰冷，扣住她腳部的穴道，死死抓住腳踝把她往下拖。她無法動彈，因為極快的下沉速度，耳輪劇痛，冰冷的海水灌滿七竅，難受無比。

怎麼回事……難道就莫名其妙地死在這裡嗎？父王……母妃……師父……還有淵，這些人會知道她今夜葬身海底嗎？

模模糊糊中，她往下沉，暗紅色的長髮在海底如同水藻散開。她看到數條黑影從上方游來，那些黑影後面還追著幾點淡淡的光。

玉骨！那是玉骨！

那一瞬，她張了張嘴，想吐出幾個音節，然而從嘴裡吐出的只有幾個氣泡。下沉的速度在加快，周圍已然沒有一絲光亮，聽到的只有潛流水聲，呼嘯如妖鬼，已經不知是多深的水底。

「隊長，怎麼樣？抓住了？」有個聲音迎上來低聲問。

「抓住了，把兩個都帶回大營裡去吧，左權使等著呢。」

「是。」

她聽到周圍簡短的問答，竭盡全力，一手抱著孩子，另一隻手在海水裡伸出，對著那幾點光遙遙一抓——「唰」的一聲，猶如流星彙聚，五點光驟然朝著她的掌心激射而來，重新凝聚。

朱顏握住玉骨，用盡全力往下一揮，洞穿了那隻抓住她腳踝的手臂。

那個鮫人發出一聲驚呼，顯然劇痛無比，卻仍然不肯放開她的腳，反而更加用力地扣住，往水底按了下去。「快，制住這個女的！」

周圍的黑影聚攏，許多手臂伸過來抓住她。

在黑暗的水底，鮫人一族的優勢展現得淋漓盡致，人類根本無法與之相比。朱顏拚命掙扎，握著玉骨一下一下格擋著，然而她一手抱著孩子，身體便不夠靈活，很快就有手抓住她的肩膀，死死摁住她。

「咦？」忽然間，她感覺到那個鮫人竟震了一下，彷彿觸電一樣鬆開手，驚呼：「這個女的，為什麼她竟然帶著……」

她趁著那一瞬間的空檔，忽地將玉骨投了出去。

朱顏張開嘴唇，抱著孩子，將咒術連同胸腔裡最後的氣息從唇間吐出。玉骨在黑暗的水底巡行，發出耀眼的光，一瞬間分裂成六根，如同箭一樣激射而來，洞穿了那六個抓住她的鮫人。

慘叫聲在海底此起彼伏。那一刻，她用盡最後的力氣踢開那隻抓住她腳踝的手。周圍的海水已經充滿鮮血的味道，玉骨在一擊之後迅速合而為一，化為一道閃電飛速地回到她身邊。

「開！」她一手抓住玉骨，念動咒術後倏地下指，瞬間將面前的海水劈開一條路，直通海面。

那條通路只能維持片刻，她顧不得疼痛，一把抱起那個孩子，竭盡全力朝著頭頂的海面急速上升。

終於，她看到了侍從們的船，對著她大呼：「郡主……郡主！」

不只一艘船，後面還有至少十艘急速駛向她。一眼看去，半夜的岸上還出現密密麻麻的人群，火把照亮整個碼頭——怎麼回事？這樣的深夜，這個城外的碼頭為什麼會忽然出現那麼多人？

她來不及多想，竭盡全力浮上海面，卻無力抓住船舷，整個人軟倒在水上，一手死死地握著玉骨，一手死死地抱著那個孩子。

「快，快把郡主拉上來！」有人驚呼，卻是盛嬤嬤。

朱顏被侍從們拖上船後癱了下去，不停咳嗽，吐出胸腔裡鹹澀的海水。然而，她不敢大意，一直緊張地盯著海面。那些黑影在水下逡巡，不知道何時會忽然躍出水面，將她重新拖下去。

然而，當另一艘船靠過來時，水下那些黑影驟然消失。

「郡主受驚了。」她聽到有人開口：「玉體是否無恙？」

誰？朱顏愕然抬頭，看到一艘白色樓船不知何時出現在身側，船頭站著一個貴族男子，大約在而立之年，面如冠玉，白袍上繡著薔薇的紋章，正微微俯下身來，審視似地看著狼狽不堪的她。

她下意識地拉緊衣襟，愕然道：「你……你是誰？」

那人微笑：「在下白風麟。葉城總督。」

「啊！是你？」朱顏嚇了一跳，「雪……雪鶯的哥哥？」

「正是在下。」白風麟頷首。

朱顏倒吸一口冷氣，下意識地整理一下濕漉漉的衣襟，捋一下亂成一團的頭髮，轉瞬想到此刻自己在他眼裡該是如何狼狽，再想到這事很快六部都會知道，她少不得又挨父王一頓罵，頓時一股火氣就騰地冒出來，再顧不得維持什麼風度，劈頭就道：「都怪你！」

白風麟愣了一下：「啊？」
朱顏看著自己渾身濕透的狼狽樣子，氣鼓鼓地說：「如果不是你把我關在城外，怎麼會出今晚這種事？」
「郡主，妳怎麼能這麼說話？太失禮了！」盛嬤嬤坐著另一艘快艇趕過來，急急打圓場。「總督大人救了妳，還不好好道謝？」
「哪裡是他救了我？」朱顏嗤之以鼻，揚了揚手裡的玉骨。「明明是我殺出一條血路自己救了自己……他臉皮有多厚，才會來撿這個便宜？」
盛嬤嬤氣得又要數落她，白風麟卻是神色不動，微笑道：「是。郡主術法高強，的確是靠著自己的本事殺出重圍脫了險，在下哪敢居功？讓郡主受驚，的確是在下的失職，在這裡先向郡主賠個不是。」
他如此客氣有禮，朱顏反而吃癟，一肚子怒火就不好發洩了，只能嘟囔一句：「算了！」
白風麟揮手，下令所有船隻調頭：「海上風大，趕緊回去，別讓郡主受了風寒。」
此刻正是三月，春寒料峭，朱顏全身濕透，船一開被海風一吹，頓時凍得瑟瑟發抖，下意識地抬起手臂將那個鮫人孩子攏在懷裡，用肩背擋住吹過來的風。她倒還好，這孩子本來就七病八災的，可別真的病倒了。

「郡主冷嗎？」白風麟解下外袍遞過去給她，轉頭吩咐：「開慢一點。」

「是。」船速應聲減慢，風也沒有那麼刺骨了。

朱顏披著他的衣服，瞬間暖和很多，頓時也覺得對方順眼許多。其實她聽雪鶯說起這個哥哥已經很久了，卻還是第一次見到面。身為白之一族的長子，又當上葉城總督，將來少不得要繼承白王的位置。以前依稀曾聽別人說這個人口蜜腹劍、刻薄寡恩，然而此刻親眼見到的白風麟客氣謙和、彬彬有禮，可見傳言往往不可信。

比起雪鶯，她這個哥哥可真是完全兩個樣。

「哎，你和雪鶯應該不是同一個母親生的吧？」她想到這裡，不由得脫口而出，但問完就「哎喲」了一聲，因為盛嬤嬤在底下狠狠擰了她一把。

「不是。」白風麟微笑，「我母親是側妃。」

朱顏明白自己又戳了一個地雷，不由得暗自捶一下自己——她果然有惹禍的天賦，為啥每次新認識一個人，不出三句話就能得罪？

「對不起對不起……」她連連道歉。

「沒事。郡主今晚是怎麼到這裡的？」白風麟卻沒有生氣，依舊溫文爾雅。「到底發生什麼事？妳懷裡的這個小孩，又是哪一位？」

「哦，這個啊……算是我在半路上撿來的吧。」她用一根手指撥開昏迷的孩子臉上的亂髮，又忍不住戳了一下，恨恨道：「我答應過這孩子的阿娘要好生照顧這小傢伙，但這孩子偏偏不聽話，一個人半夜逃跑。」

白風麟凝視著她懷裡那個昏迷的孩子，忽地道：「這孩子是個鮫人吧？」

「嗯？」朱顏不由得愣了一下，「你看出來了？」

「換成是普通孩子，在水下那麼久早就憋壞了，哪裡還能有這麼平穩的呼吸。」白風麟用扇子在手心敲了一敲，點頭道：「那就難怪了。」

「難怪什麼？」朱顏更是奇怪。

白風麟道：「難怪復國軍要帶走這孩子。」

她更加愕然：「復國軍？那是什麼？」

「是那些鮫人奴隸祕密成立的一個組織，號稱要在碧落海重建海國，讓雲荒上的所有鮫人都恢復自由。」白風麟道：「這些年他們不停和空桑對抗，鼓動奴隸逃跑和造反，刺殺奴隸主和貴族。雖然帝都剿滅了好幾次，但都死灰復燃，最近這幾年更是鬧得凶狠。」

「哦？難怪那些鮫人的身手都那麼好，一看就知道是訓練過的。」朱顏不由得愣了一下，脫口道：「不過，他們在碧落海重建海國，不也挺好的嗎？又不占用我們空桑人的土地，讓他們去建得了。」

白風麟沒有說話，只是迅速看了她一眼，眼神微微改變。

「身為赤之一族的郡主，您不該這麼說。」他的聲音冷淡了下去：「郡主為逆賊叫好，是想要支持他們對抗帝都、發動叛亂嗎？」

「啊……」朱顏不說話了，因為盛嬤嬤已經在裙子底下死死擰住她的大腿，用力得幾乎快要讓她叫起來。盛嬤嬤連忙插進來打圓場：「總督大人不要見怪，我們郡主從小說話不過腦子，胡言亂語慣了。」

誰說話不過腦子啊？她憤怒地瞪了嬤嬤一眼，卻聽白風麟在一邊輕聲笑道：「沒關係，在下也聽舍妹說過，郡主天真爛漫，經常語出驚人。」

什麼？雪鶯那個臭丫頭，到底在背地裡是怎麼損她的？朱顏幾乎要跳起來，卻被盛嬤嬤死死地摁住。盛嬤嬤轉移話題，笑問：「那總督大人今晚出現在這裡，並安排那麼多人手，是因為……」

「不瞞妳說，是因為最近一段時間葉城不太平。」白風麟嘆了口氣，「不停有鮫人奴隸失蹤和逃跑，還有一個畜養鮫人的商人被殺了，直接導致東西兩市開春的第一場奴隸拍賣都未能成功。」

朱顏明白了。「所以你是來這裡逮復國軍的？」

「是。」白風麟點頭，「沒想到居然碰到郡主。」

此刻樓船已經緩緩開回碼頭，停泊在岸邊，白風麟微微一拱手：「已經很晚了，不如在下先派人護送郡主回去休息吧。」

朱顏有點好奇：「那你不回去嗎？」

「我還要留在這裡，繼續圍捕那些復國軍。」白風麟笑了笑，用摺扇指著大海。那裡已有好多艘戰船像箭一樣地射了出去，一張張巨網撒向大海深處，他語氣裡微微有些得意。「我早就在這兒安排人手，好不容易才逮到他們冒頭，豈能半途而廢？剛剛圍攻郡主的那幾個傢伙，一個都逃不掉。」

朱顏沉默了一下。

雖然那些人片刻之前還要取她性命，但不知道為何，一看到他們即將陷入絕境，她心裡總覺得不大舒服。

「你如果抓到他們，會把那些人怎麼樣呢？」她看了一眼，忍不住問：「賣到東市西市去當奴隸嗎？」

「哪裡有那麼好的事情？妳以為總督可以兼任奴隸販子嗎？」白風麟苦笑一聲，搖頭說道：「而且那些復國軍戰士都很能熬，被抓後死不開口，鮫人體質又弱，多半耐不住拷問就死在牢獄裡，偶爾有幾個沒死的，也基本是重傷殘廢，放到市場上哪能賣出去？」

「啊……」朱顏心裡很不是滋味，「那怎麼辦？」

「多半都會被珠寶商賤價收走，價格是一般鮫人奴隸的十分之一，就指望剩下的一雙眼睛可以做成凝碧珠。」白風麟說到這裡，看了她一眼。「郡主為何關心這個？」

朱顏頓了一下，只道：「沒什麼。」

她道了個別，便隨著嬤嬤回到岸上，策馬在月下返回。離開之前，她忍不住還是回頭看了一眼。

碧落海上月色如銀、波光粼粼，戰船在海上穿梭，船上弓刀林立，一張張巨大的網撒向大海深處。那個溫文爾雅的葉城總督站在月光下，有條不紊地指揮著這一切，狹長的眼睛裡閃著冷光，彷彿變成一個冷酷的捕殺者。

這片大海，會不會被鮫人的血染紅呢？

等回到別院的時候，朱顏已經累得撐不住，恨不得馬上撲倒就睡。然而掉進了海裡一回，全身上下都濕淋淋的，頭髮也全濕了，她不得不撐著睡眼讓侍女燒了熱水、準備木桶香料，從頭到腳沐浴一番。

等洗好澡裹了浴袍出來，她用玉骨重新綰起頭髮，對盛嬤嬤道：「順便把那個小傢伙也洗一下。他全身上下髒兮兮的，都不知道多久沒洗澡了。」

「是。」盛嬤嬤吩咐侍女換了熱水，便將那個昏迷的小鮫人抱起來，看了一眼道：「臉蛋雖然髒，五官卻似乎長得挺周正。」

「那是，到底是魚姬的孩子嘛。」朱顏坐在鏡子前梳頭，「就算不知道他父親是誰，但光憑著母親的血統，也該是個漂亮小孩。」

「這小傢伙多大了？瘦得皮包骨頭，恐怕是從來沒吃飽飯吧？」盛嬤嬤一入手就嘀咕一句，打量著昏迷的孩子。「手腳細得跟蘆柴棒一樣，肚子卻鼓起來，難道裡面是長了個瘤子嗎？真可憐……也不知道能活多久。」

盛嬤嬤邊說邊將孩子身上破破爛爛的衣服脫下來，忽然又忍不住「啊」了一聲。

「怎麼啦？」朱顏正在擦頭髮，回頭看了一眼。

盛嬤嬤道：「妳看，這孩子的背上！」

朱顏放下梳子看過來，也不由得倒吸一口冷氣——那個孩子身體很瘦小，皮包骨頭，瘦得每一根肋骨都清晰可見，全身上下傷痕累累。然而，在後背蒼白的肌膚上，赫然有一團巨大的黑墨，如同若隱若現的霧氣，瀰漫整個小小的背部。

「那是什麼？」朱顏脫口而出。

盛嬤嬤摸了一摸，皺眉道：「好像是黑痣，怎麼會那麼大一塊？」她將那個孩子抱了起來，放入半人高的木桶裡嘀咕：「郡主，妳撿來的這個小鮫人全身上下都是毛病，估計拿去葉城賣不了太高的價錢啊。」

「妳是說我撿了個賠錢貨嗎？」朱顏白了嬤嬤一眼，沒好氣道：「放心，赤王府雖然窮，但還沒窮到當人販子的地步。我養得起！」

「怎麼，郡主還打算請大夫來給這孩子看病不成？」盛嬤嬤笑了一聲，將懷裡的孩子放入水中。然而，那個昏迷的小孩一被浸入香湯，忽然間就掙扎一下，皺著眉頭發出低低的呻吟。

盛嬤嬤驚喜道：「哎，好像要醒了！」

「什麼？」朱顏一下子站了起來，衝口道：「妳小心一點！」

話音未落，下一秒鐘，盛嬤嬤一下子就甩開了手，發出一聲驚呼，手腕上留著一排深深的牙印。

那個孩子在木桶裡浮沉，睜開一線眼睛，將瘦小的身體緊緊貼著桶壁，惡狠狠地看著面前的人，如同一隻被困在籠子裡的小獸，戒備地豎起爪牙。

「說了讓妳小心一點！這小崽子可凶狠。」朱顏一下子火了，騰地站起來，衝過去劈頭把那個咬人的孩子推開，厲聲道：「一醒來就咬人？拚死拚活把你從那些人手裡救回來，你這個小兔崽子還真是不識好人心！」

她氣急之下出手稍重，那個孩子避不開，頭一下子撞在木桶上，發出「咚」的一聲，顯然很痛，他卻一聲不吭地直起身，死死瞪著她。朱顏沒想到一下子打了個正著，又有點不忍心起來，就沒打第二下，也瞪著那個孩子，半天才氣呼呼道：「喂，你叫什麼名字？」

那個孩子扭過頭不看她，也不回答。

「不說？行，那我就叫你小兔崽子！」她不以為意，立刻隨手給那孩子安了個新名字，接著問：「小兔崽子，今年多大了？有六十歲嗎？」

那個孩子還是不理睬她，充耳不聞。

「那就當你是六十歲吧。乳臭未乾。」朱顏冷哼一聲，「好了，盛嬤嬤，快點幫這個小兔崽子洗完澡，我要睡覺了！」

「是。」盛嬤嬤拿著一塊香胰子，然而不等她靠近，那個孩子驀地往後一退，眼裡露出凶狠的光，手一揮，一下子就把熱水潑到盛嬤嬤臉上。

「還敢亂來！當我不會教訓你嗎？」朱顏這一下火大了，再顧不得什麼，捲起袖子一把就抓住這個孩子的頭髮，狠狠按在木桶壁上，抬起了手。那個孩子以為又要挨打，下意識地咬緊嘴角，閉上眼睛。

然而巴掌並沒有落下來，背後忽地傳來細細的癢。

朱顏摁住這個小惡魔，飛快地用手指在孩子的背上畫了個符，指尖一點，瞬間把這個不停掙扎的小傢伙給禁錮起來。

那個孩子終於不動了，浮在木桶裡，眼睛狠狠地看著她。

「怎麼了？小兔崽子，想吃了我啊？」朱顏用縛靈術捆住對方手腳，勝利般敲了敲孩子的小腦袋，挑釁似地說了一句，然後轉頭吩咐：「嬤嬤，替我把這小兔崽子好好洗乾淨！」

「是，郡主。」盛嬤嬤應了一聲，吩咐侍從上來將各種香胰子、布巾、花露水擺開來，捲起袖子開始清洗。

一直過了整整一個時辰，換了三桶水，才把這個髒兮兮的小孩洗乾淨。那個孩子不能動彈，在水裡仰面看著老嬤嬤和侍從們，細小的身體一直在微微發著抖，不知道是因為羞憤還是因為恐懼。

「哎呀！我的乖乖……」盛嬤嬤擦乾淨了孩子的臉，忍不住發出一聲讚嘆。「郡主，妳快來看看！保證妳在整個雲荒都沒看過這麼好看的孩子！」

然而，並沒有人回答。

轉頭看去，在一邊榻上的朱顏早已睏得睡著了，發出均勻的鼻息，暗紅色的長髮垂落下來，如同一匹美麗的綢緞。

盛嬤嬤嘆一口氣，用絨布仔細擦乾孩子臉上頭上的水珠，動作溫柔，輕聲道：「小傢伙，你也別那麼倔……別看郡主脾氣火爆，心腸卻很好。她答應過你娘要照顧你，就一定說到做到。你一個殘廢的鮫人，能找到這樣的主人，整個雲荒的奴隸羨慕你都還來不及呢。」

水裡的孩子猛然震了一下，抬起眼睛，狠狠看著老嬤嬤。

忽然，老人聽到一個細微的聲音：「我沒有主人。」

「嗯？」盛嬤嬤愣了一下。這個看似啞巴的孩子忽然開口說話，她一時沒反應過來。「你說什麼？」

「我沒有主人。」那個孩子看著她，眼睛裡的光又亮又鋒利，一字一字道：「我不是奴隸。妳才是！」

盛嬤嬤倒吸一口冷氣，正不知道說什麼好，卻聽到一旁朱顏翻了個身，發出一聲冷笑：「得，你不是奴隸，你是大爺，行了吧？嬤嬤，不用服侍這個大爺了，妳回去睡，就讓這小兔崽子泡著吧。」

盛嬤嬤有些為難地說：「才三月，這水一會兒就變冷了……」

「鮫人還怕泡冷水？」朱顏哼了一聲，白了那孩子一眼。「他們的血本身就是冷的，養不熟的白眼狼！妳去睡吧，都半夜了。」

盛嬤嬤遲疑一下，又看了一眼木桶裡的孩子，應道：「是。」

當所有侍女都退下去後，朱顏不慌不忙地翻了個身，支起下巴高臥榻上，看著木桶裡的孩子，冷笑一聲：「喂，小兔崽子，跟著我是你的福氣知不知道？我一定會讓你心服口服叫我一聲主人的！」

那孩子也冷笑一聲，轉開臉來，甚至不屑於看她。

「等著瞧！」她恨恨道。

這一覺睡到了第二天日上三竿，等朱顏睜開眼睛的時候，白晃晃的日頭已經從窗櫺透過帷幕照了進來。

天氣真不錯……今天該進城了吧？她打了個呵欠，慵懶地坐起來，忽然間眼神就是一定——

木桶裡，居然已經空了。

什麼！那個小兔崽子，難道又逃了？那一瞬她直跳起來，怒火萬丈地衝過去，然而剛衝到木桶旁，一眼看過去，卻又不由得倒抽一口冷氣。

那個瘦小的孩子沉在水底，無聲無息地睡著，一動不動。

小小的身體蜷縮成一團，筋疲力盡，耳後的腮全部張開了，在水底微微地呼吸。水藍色的長髮隨著呼吸帶出的水流微微浮動，如同美麗的水藻。那張洗乾淨的小臉美麗如雕刻，下頷尖尖，鼻子很挺，睫毛非常長，嘴唇泛出微微的淡紅，如同一個沉睡在大海深處的精靈。

朱顏本來怒火沖天，但看著看著，居然就不生氣了。

真是個漂亮的孩子啊……簡直漂亮到不可思議。難怪那些達官貴人肯花那麼多錢去買一個鮫人。這種生物，的確是比雲荒陸地上的人類美麗百倍。

她忍不住伸出手，想要摸一下那孩子長長的睫毛。然而手指剛一沾水，水下那個人「嘩啦」一聲就醒來了，一看到她在旁邊，立刻猛烈顫了一下，拚命往後縮，可是因為被咒術禁錮，身體卻怎麼也動不了。

朱顏的指尖停在距離孩子的臉頰只有一分的地方，看著孩子湛碧色眼睛裡恐懼而厭惡的神色，不由得皺了皺眉頭。「怎麼，你很討厭別人碰你嗎？」

那個孩子緊咬嘴唇，將身體緊緊貼著木桶壁，死死盯著她。

「那就算了。」朱顏收回手，「誰稀罕碰你啊，小兔崽子！」

那個孩子很明顯地鬆一口氣，全身都放鬆下來。朱顏恨恨地出了門，在外間的梳妝室坐下來，對捧著金盆過來的盛嬤嬤道：「你不用管我，去幫那小兔崽子換一下衣服，總不能帶著一個光溜溜的小鮫人進葉城。」

「好。」盛嬤嬤匆匆下去，片刻便拿了幾件男子衣衫過來。「急切間找不到合適的，這裡都是大人穿的衣衫，只有將就一下了。」

「那麼丁點的孩子，用得著什麼衣衫？」朱顏一邊自顧自地梳洗，一邊不耐煩地揮了揮手。「拿幾塊我的披肩出來，隨便裹一下不就得了？」

「是。」盛嬤嬤打開箱奩，揀了幾條羊絨織錦大披肩出來，都是朱顏這次帶進帝都的。她比了比拿起一條淺白色的問：「就這條？」

「這是我用過的，怎麼能再給別人？」朱顏卻皺起眉頭，指著旁邊那條簇新的大紅織金披肩。「挑個新的給那小兔崽子。」

盛嬤嬤將那條披肩拿起來，在孩子身上比了比，不由得笑道：「這麼一穿，簡直就是個傾國傾城的絕色小女娃了。」

看著那條顏色鮮豔的披肩，那個孩子將肩背緊緊貼著木桶，咬著牙，眼裡露出抗拒的神色，無奈身體不能動，只能任憑老人走過來一把抱起，用柔軟的披肩將自己一層層地裹起來。

朱顏梳好頭的時候，盛嬤嬤也已經把這個孩子收拾妥當。

「喏，郡主，妳看。」盛嬤嬤抱著孩子，轉過來給她看。「漂亮吧？」

朱顏正將玉骨插回頭上，在鏡子裡看到嬤嬤懷裡的孩子，一時間眼前一亮，脫口而出：「我的天啊……這小兔崽子洗乾淨了竟然這麼好看？長大了可不得了啊！這回賺大了！」

那個小孩縮在老人懷裡，用和年齡不相稱的陰冷憤怒目光看著她，似乎是對自己被這樣隨意打扮包裹非常反抗，卻無可奈何。蒼白的小臉襯在大紅色的披肩裡，有一種驚心動魄的妖異美麗，竟能讓人一見之下心神為之一奪。

即便是淵，似乎也不曾有過這樣魔性的美吧？難怪路上那個商人要冒著風險走私這個無主的鮫人。這樣的孩子，即便身體有著各種缺陷，只要帶到葉城，找個大夫把肚子裡的瘤剖了、把背上的黑痣去了，不知道能拍賣到什麼樣的天價。

「你叫什麼名字？」她忍不住再次問。

然而那個孩子把尖尖的下頷一扭，冷哼一聲，轉過頭去。

「小兔崽子！不聽話小心我賣了你！」朱顏氣得又甩手打了一記，然而手掌落到孩子的頭上已是輕如拍蚊。畢竟，這樣好看的孩子，就如同精美易碎的琉璃，誰真的忍心下手？

進了葉城，來到赤王的行宮時，朱顏卻發現父王沒有在那裡。他的車馬、佩劍、外袍都留在行宮，然而人已經不在。

「王爺有急事，已經先一步進京去了。」行宮的管家是個年約四十的男子，幹練沉穩，顯然是赤王一直安排在葉城的心腹，恭敬地道：「他吩咐郡主在這裡等他幾日，等事情結束，他會來行宮找郡主。」

「怎麼回事？」她頓時不滿起來，控制不住脾氣。「這一路父王都不理我，怎麼連去帝都也不帶上我？」

「王爺說等他辦完正事，就回來好好陪著郡主，到時候再去一次帝都也不遲。」管家賠笑，語氣十分妥貼。「王爺吩咐在下給郡主準備了一些好吃好玩的，都放在您的房間裡。如果郡主還需要什麼，明天可以帶您去市場上轉轉。」

「真的？太好了！」朱顏精神為之一振，打量了這個知情識趣的管家一眼。「你叫什麼名字？為啥我以前沒見過你？」

「在下石扉，跟著赤王二十幾年了，一直在葉城掌管這座行宮，沒去過天極風城覲見，所以郡主也沒見過在下。」管家笑了一笑，「郡主在這裡有任何需要，都可以來找我。想去哪裡想看什麼，儘管說就是。」

「嗯……」她上下打量了管家一番，「那你不許告訴父王我撿了個小鮫人。」

「是。」管家頷首笑道：「在下不說。」

「幫我另外安排一個隱蔽的小院子，讓盛嬤嬤帶著那個小兔崽子住進去，那個院子裡需要有個大水池。」朱顏吩咐：「對了，還得在院子外面多派人手看著。那個小傢伙如果跑了，我唯你是問！」

「是。」管家只是答應著：「一定辦到。」

「嗯……再去幫我找個大夫來，要葉城最好的。」朱顏皺眉想了一想，「那個小兔崽子肚子裡有個瘤，得抓緊治好才行。」

管家問：「是要治鮫人的大夫嗎？」

朱顏不由得有些詫異：「治鮫人的大夫？和別的大夫難道還不一樣？」

「那當然。鮫人生於海上，和陸地上的人本身就很不一樣。比如說，他們可以用鰓呼吸，而且心臟是在胸口正中間。」管家微笑，「普通大夫看不了他們的病。我替郡主去屠龍戶那裡找找申屠大夫吧，醫治鮫人他最為拿手。」

「屠龍戶？那又是什麼？」朱顏聽得一愣一愣，「開玩笑吧？除了七千年前被星尊大帝鎮入蒼梧之淵的那一條龍以外，雲荒如今哪裡還有真的龍可以屠？」

「當然不是真的龍，只是一個代稱而已。這個說來可就話長。」管家笑道：「郡主還是先回屋子好好休息，等明日我找好大夫，再來向郡主稟告。」

「不行！」她卻心癢難熬，「今天下午我就想出去逛！」

「這麼著急？」管家略微有些為難，卻還是點頭應道：「好，那在下立刻吩咐，準備一下車馬。」

「不用啦，我們換一身衣服，偷偷溜出去看一圈就回來。」朱顏揮了揮手，笑嘻嘻地說：「弄那麼大的陣仗幹嘛？那麼多人跟著就不好玩了。」

「還是得派人貼身保護郡主。」管家這一次卻沒有依著她，「葉城最近不是很太平，老是有鮫人復國軍出沒。雖然總督大人剛殺了一批叛亂者，還查抄幾個他們在葉城的據點，但鏡湖裡的大營還在，不得不小心點。」

復國軍？朱顏一下子想起昨天晚上遭遇的那些鮫人，不由得心裡也「咯噔」一下。那是一群悍不畏死、具有攻擊性的鮫人，和柔弱美麗的一般鮫人完全不同。

這樣的鮫人，是不是也變異了呢？

「放心，郡主，復國軍不過幾千人而已，只能偶爾出來搗亂一下，還沒有能力動搖我們空桑的基業。」管家看她臉色變了，以為她害怕，安慰了幾句。「現在葉城在總督治下還是非常安全，不過以防萬一，下午還是派一些侍衛暗中保護郡主吧。」

「好吧。」她隨口應一聲。

朱顏回到自己的房間略作休息，準備下午就出去逛街。赤王府在葉城的行宮非常華麗宏大，比城外的別院更大了數倍，她從前廳走到後花園的院落，竟然走了將近半個時辰。

然而剛來到廊下，卻聽到盛嬤嬤在裡面對侍女道：「快！去請郡主過來看看！」

「怎麼了？」她很少聽到老嬤嬤的聲音這樣驚慌，不由得一揭簾子走了進去。「出了什麼事？」

軟榻上躺著那個瘦小的鮫人孩子，閉著雙眼、胸口起伏，再也沒有平時的凶狠，只是一動不動。盛嬤嬤正俯身撫摸著孩子的額頭，看到她進來，連忙道：「郡主，妳來看看，這孩子在進葉城的路上就有點不對勁，問他卻又不說，挨到現在，好像開始發燒了！」

「發燒？」朱顏吃了一驚，走過去探了探孩子的額頭，然而觸手處只是微溫，比自己手心還涼了一分。

「沒有發燒啊？」她有些愕然，「哪裡有？」

「哎，郡主！妳忘了嗎？」盛嬤嬤嘆氣，摸著孩子水藍色的柔軟頭髮。「鮫人和人不一樣，他們的血不像人一樣熱，而是和海水一個溫度。妳摸摸看，現在這孩子的身體是不是要比海水燙多了？那就是病了呀！」

「啊……」朱顏又摸了摸，這一回吃了一驚。

也是，看著這個小傢伙病懨懨地躺在這裡，任人摸來摸去卻毫不反抗的樣子，也看得出是真的病了。想想從西荒的風雪之地來到這個葉城，千里流離、吃盡苦頭，這個孩子能活著都已經是奇蹟，又怎能不生病呢？

她也有點焦急起來，便立刻讓管家去請大夫過來。

然而不到一刻，管家過來道：「郡主，在下已經派人快馬去請了，但屠龍戶那邊回覆說，申屠大夫今日要給好幾個鮫人破身，動大刀子，會一直忙到晚上，估計一時半會兒還來不了。」

「那怎麼行？這個小傢伙都發燒了！」朱顏性子急，問道：「多給點錢不行嗎？」

「屠龍戶說，申屠大夫已經進房開始動刀，這件事不能半途而廢。他脾氣大，誰都不敢進去驚動他。」管家小心翼翼地回答：「要不……我們先換個大夫試試看，不行再去叫他？」

「怎麼那麼麻煩？」朱顏跺腳說：「他不肯出診？那我下午不去逛街了！帶著孩子去他那裡看診總行了吧？那個地方應該不只有他一個大夫，這個不行就換個別的，總比在這裡乾等著強。」

她脾氣急，立刻便俯下身，將病榻上的孩子抱起來。

那個生病的孩子軟趴趴地靠在她肩膀上，再也沒有平時的凶狠倔強，微溫的臉貼著她的脖子，呼出的氣息一絲絲吹在她側頸上，應該是燒得糊塗了，在被她抱起時模模糊糊地喊了一聲「阿娘」，主動將小臉貼過來。

朱顏摸了摸孩子小小的腦袋，心裡頓時軟得一塌糊塗。

「走。」她扭頭對管家道：「備馬車，去看大夫！」

第十一章　屠龍

馬車載著他們疾馳出了赤王行宮，在大道上飛速前行。

作為雲荒最繁華富庶的城市，葉城人煙密集、商貿興旺，來自雲荒各地乃至中州和七海的商人都在這裡聚集，帶來了足以敵國的財富。一路上街道寬闊平整，兩側歌樓酒館林立，沿街店舖裡貨物琳琅滿目。

然而朱顏沒心思看，一路只是探頭不停催促外面的管家：「還有多久會到？」

「快了、快了！就在前頭。」管家坐在車夫座位旁，指著某處對她解釋：「就在東市盡頭拐彎的那一小片平房裡，已經看得到了。」

馬車疾馳，從大道轉進小巷，左轉右轉，路面開始不停顛簸，朱顏抱著孩子在車廂裡搖搖晃晃，不知過了多久終於停下來。外面傳來管家和別人的對話聲，她掀開簾子看了一眼，發現居然是全副武裝的軍士。

「車裡是赤王府的朱顏郡主。」管家簡短地交涉幾句，並遞上腰牌。「她最寵愛的一個鮫人奴隸生病了，趕著來這裡見申屠大夫。」

軍士仔細驗看了腰牌，又從側窗看一下車廂裡的人數，在木簡上記錄了幾筆，這才齊刷刷地退開，令馬車通過。

「奇怪，怎麼這裡還有軍隊？」朱顏有些不解。

從車廂裡看出去，這個村子外面圍著極高的圍牆，四角設有塔樓，只有剛才這一個口可以通信進入，一眼看去，竟似一座防守森嚴的小小城池。

「這裡是屠龍戶聚居的地方，帝都自然會派軍隊護衛。」管家坐在車夫身邊，隨口道：「特別是最近復國軍鬧得凶，這邊的警戒看上去又升級許多。」

「屠龍戶？身分很尊貴嗎？」朱顏已經好幾次聽到這個名字，再也忍不住心裡的疑問。「他們到底是做什麼的？」

「原來郡主是真的沒聽說過。」管家怔了一下，不由得笑道：「屠龍戶嘛，其實是帝都給這些承襲祖傳手藝的漁民的一個稱號。這個村子裡的人都不用繳納稅賦，也不用服徭役。這座村子已經有上千年的歷史……從雲荒大地上有鮫人奴隸起，也就有了屠龍戶。」他笑了笑又道：「當然，他們屠的不是龍。」

朱顏聽得奇怪，不由得問：「不屠龍，那他們屠的是什麼？既然是漁民，為啥又要叫屠龍戶？祖傳的手藝又是什麼？」

管家笑了一笑。「說來話長，郡主見到就知道了……」

說話間，馬車已經在路邊停下來。

朱顏掀開簾子，探頭四顧：這裡哪是什麼東市，分明是海邊小漁村。這個地方一眼看去都是木骨泥牆的低矮房子，沒有超過三層的，整條道路坑坑窪窪，毫無葉城的喧譁熱鬧，寂靜得幾乎沒有人聲，街上也不見一個人。

整個村落貼著葉城的外郭而建，一側是城牆。海水從牆下的溝渠裡被引入，密集成網，環繞著每一座矮房子，帶來濃重的海腥味。這種家家環水的格局和東澤十二郡很像，但東澤乃是天然水系，卻不知道這個村子為何也刻意設置成這種格局？

她一掀開簾子跳下去，卻「撲通」一腳踩進一汪泥水裡，不由得「啊」了一聲。

「郡主小心。」管家連忙上來攙扶，連聲解釋：「這裡實在是有點破。不如您先在馬車裡坐著，等在下進去把中屠大夫請出來？」

然而話音未落，寂靜空曠的村子裡忽然傳出一聲撕心裂肺的慘叫，彷彿是瀕死的人用盡全力發出的大喊，聽得人毛骨悚然。

「怎麼了？」朱顏嚇一大跳，「裡面怎麼了？在殺人嗎？」

「郡主莫慌。」管家連忙道：「沒事的，這兒住的都是良民。」

「良民？」然而話音未落，朱顏抱著孩子往後退了一步，臉色猛然一變，死死地盯著面前。

道路旁的兩側原本是溝渠，將海水從城外引入，環繞著每一間房屋，穿行入戶，而此刻，溝渠裡的水，忽然變成血紅色。

前面就是一間灰色磚石砌築的屋舍，水溝環繞，那一刻，她看到大量血水從房間的溝渠裡湧出來，伴隨著裡面一聲聲撕心裂肺的慘叫——這裡面，明明是在殺人！

「快開門！」朱顏再也顧不得什麼，抱著孩子就上前，一腳踹開房門，厲聲大喝：「誰在這裡殺人？給我住手！」

門打開的瞬間，房間裡湧出了濃重的血腥味，熏得她幾乎一個跟斗摔倒。

裡面的幾個人應聲回頭，怔怔地看著她，滿手滿身都是鮮血。

房間沒有窗子，極為封閉沉悶，卻到處都點起巨大的蠟燭，照得一片明晃晃，竟是比外面的日頭還亮。刺眼的光亮裡，她看到居中的那一張檯子，上面躺著一個血肉模糊的人，四肢被分開固定在檯子的四個角落，整個身體都被剖開，血如同瀑布一樣從檯子的四周流下來，地上一片猩紅。

地面上挖出了一條血槽，那些血旋即又被沖入溝渠。

這……這個地方，簡直是被設計好的屠宰場。

「這是什麼地方！」朱顏臉色變了，手微微一點，頭上的玉骨倏地躍出，化作一道流光環繞在她身側，隨時隨地便要出擊。「你們在做什麼！」

「郡主，別緊張！」管家衝進來，一把拉住劍拔弩張的她，連忙解釋：「他們是在給鮫人破身呢！您別擋著，再不縫合止血，這檯子上的鮫人就要死了！」

「什麼？」朱顏看著那些人圍著檯子忙忙碌碌，不由得愣住。「破身？」

檯子上那個被剖開的人在竭力掙扎，眼看就要死掉，然而那些人飛快地摁住他的手腳，一個拿一碗藥給那個人灌下，另一個飛快用水沖洗掉他全身上下的血汙，然後用一把特製的刷子沾了濃厚黏稠的汁液，將他整個身體都刷過一遍。

那的確不像是在殺人，倒像在救人。

朱顏看得有些迷惑，喃喃說：「他們……到底是在做什麼？」

「他們在給鮫人破身——就是讓有魚尾的鮫人，變得和陸地上的人類一樣能用雙腿直立行走。」大概是被房間裡的血腥味熏得受不了，管家拉著她退到門邊，喘了口氣道：「這可是很複雜精細的活兒，風險很大。您看，他們剛剛把這個鮫人的尾椎去掉，雙下鰭拆開，固定成腿骨。」

朱顏看著被固定在檯子上的赤裸鮫人，只覺得觸目驚心。

那個檯子上的鮫人看不出是男是女，全身上下都是血，潔白如玉的皮膚微微顫抖，正在低微急促地呼吸著。檯子下果然丟棄著一塊血肉，卻赫然是一條魚尾，還在無意識地蹦跳著，微弱地甩來甩去。

剛才她在門外聽到的那一聲慘叫，想必是這個鮫人的魚尾被一刀剁去時發出的吧？

房間裡的那些人只在她闖入時停下來看了一眼，此刻早已經重新圍住那張檯子，各自忙碌起來。有人餵藥、有人上藥、有人包紮……很快的，這個鮫人便被全身上下抹滿了藥膏，包裹在層層疊疊的紗布裡，嘴裡被灌入藥物，呼吸平穩下來，陷入深深的昏迷，再也沒有一絲聲音。

一切都進行得飛快，嫻熟得似操練過千百次。

朱顏還沒有從驚駭中回過神，只見又有幾個人抬來一架軟榻，將那個鮫人小心地平移上去，抬往另一個院落。其他幾個人各自散開，解下身上的圍裙，將沾滿鮮血的雙手伸入一邊的水池仔細擦洗，把上面薄薄的一層淡藍色透明鱗片洗掉。

「中屠大人在嗎？」管家看到事情結束，這才捂著鼻子從門外走過去，取出了一面赤王府的腰牌。「在下是赤王府總管，有要事求見。」

那幾個人停下手來看了他一眼，面上卻沒什麼表情，似乎戴著呆滯的面具。朱顏皺了皺眉，這些人連眼神都是直的，似乎腦子有些殘缺，智力低於普通人。直到管家重複第二遍，其中一個人才道：「中屠大人還在裡面。」他緩慢地屈起三根手指，口齒不清道：「還……還有三條要剖！要……要調製很多藥物！」

另一個看看他們，又看看朱顏說：「剛才是她踢的門？這次的破身如果弄砸了，你們……你們要賠貨主的錢！」

「知道了。」管家皺著眉頭，「如果那個鮫人死了，我們來付錢。」

那一刻，朱顏終於明白過來——所謂的屠龍戶，所做的工作，難道是專門將鮫人從海裡撈出來，改造成人類？

她很早就知道鮫人生於海上，能夠和魚類一樣自由自在遨遊大海，然而事實上她所見過的鮫人，無不都和人一樣有著修長的雙腿。然而，這中間的轉換是怎麼完成的，她從沒有去細想，卻不料，竟是這樣血淋淋的一場屠戮。

看到地上那一條漸漸失去生命力的魚尾，她脊背一冷，不由得倒吸一口冷氣，下意識地抱住懷裡的孩子。幸虧這小兔崽子一直在昏迷，否則看到這一幕，心裡一定會留下陰影吧？

耳邊卻聽到管家提高了聲音，厲聲道：「赤王府的郡主親自前來，你們敢不去叫申屠大夫出來？小心扣掉你們三個月的俸祿！」

聽到「俸祿」兩個字，那幾個人呆滯的臉上震動一下，露出畏懼的神色，連忙把手擦乾淨，結結巴巴道：「稍、稍等，我……我就去叫他！」

那幾個人拉開門，走進後室。

房間裡頓時寂靜下來，朱顏抱著孩子和管家站在門口，看著剩下的人開始沖刷房間，地上溝渠裡的海水緩緩流過，帶走那個鮫人留下的滿地鮮血——來自大海的血脈，終於又歸於海水之中。

「太慘了……」她看著，只覺得怒火中燒。「這是人幹的事嗎？」

「郡主不該闖進來的。」管家嘆了口氣，「這種場面，除了屠龍戶之外，外人乍看都會受不了，是有點血腥。」

朱顏有點不可思議地問：「那麼說來，雲荒上每一個可以行走的鮫人，都是這麼來的嗎？」

「其實也是為了這些鮫人好。」管家卻不以為意，「若是沒有腿，他們在雲荒半年也活不下去，下場只會更淒慘。不過，剛才那個鮫人得有一百多歲了，估計是從碧落海新捕獲的野生鮫人吧。年紀有點大了，所以剖起來費力，十有八九會死掉。」他轉頭看了看朱顏懷裡的孩子說：「像這個小傢伙，應該是出生在雲荒的家養鮫人，父母都是奴隸，所以一生下來就被破身，劈開了腿。因為年紀小，受的罪估計也少了許多。」

說話之間，那個孩子忽然在她懷裡微微顫動一下。

怎麼，醒了嗎？朱顏低頭看一眼，發現那個孩子還是閉著眼睛，臉龐蒼白瘦小，緊閉著的長長睫毛微微顫抖。她忍不住輕輕摸了摸孩子柔軟的頭髮，嘆了口氣：「這可憐的小兔崽子，以前得吃過多少苦頭啊……」

「如今遇到郡主這樣的好主人，這小傢伙也算是苦盡甘來。」管家頓了一頓，「改明兒我去一趟總督府，抓緊時間把這個小傢伙的丹書身契給辦好。在葉城街上，鮫人經常被官府抽查，若沒有隨身帶著丹書，多半會被當成復國軍抓起來。」

「那個白風麟管得這麼嚴嗎？」她隨口應著，然而看著眼前的一切，只覺得胸口窒息，又把話題轉回來：「那麼說來，這裡的整個村子，住的都是屠龍戶？」

管家頷首答道：「是，一共有三百多戶。」

「有那麼多……太不可思議了。」朱顏倒吸一口冷氣，「那麼說來，一年得有多少鮫人被送來這裡啊……」

「據說七千年前海國被滅的時候，一共有五十萬鮫人被當作奴隸俘虜回雲荒。」管家道：「這些鮫人因為容貌美麗、能歌善舞，得到許多達官貴人的歡心，奈何拖著一條魚尾，始終很不方便。」

很不方便？朱顏冷笑一聲，是不方便那些傢伙尋歡作樂吧？

「於是，有一位能工巧匠便想出這個方法，可以把鮫人的魚尾改造成雙腿。」趁著申屠大夫還沒來的空檔，管家介紹著：「在剖了十幾位鮫人之後，終於有一個鮫人活下來，並長出可以直立行走的雙腿。當時的帝君大喜，賜予這個工匠『屠龍戶』的封號，並在葉城給了一塊地，讓他在這裡建立工坊，由帝都提供俸祿，開始大量改造鮫人。」

朱顏倒吸一口氣——這個村子，是建立在血海之上啊！

「但這門手藝非常精細複雜，學會的人很少，便只能世世代代傳承。」管家道：「我說的申屠大夫，便是其中數一數二的能人，幹這一行已經五十年，剖過上千個鮫人。有時候貨主為了讓鮫人奴隸開出一雙完美的腿，事先還要包個大紅包給申屠大夫呢。」

朱顏聽得不舒服，抱住了懷裡的孩子，皺眉說：「那幹嘛帶我來這裡？這個小兔崽子已經有腿了，又不需要再挨一刀。」

「郡主有所不知，由於對鮫人的身體構造深為瞭解，屠龍戶也往往兼職大夫。否則其他空桑人大夫，誰耐煩給鮫人看病？」管家搖了搖頭，「申屠大夫是最好的鮫人大夫，葉城裡凡是有鮫人奴隸得了病，主人都會請他來。」

「哦。」朱顏這才恍然大悟。

「申屠大夫怎麼還不出來？這架子未免也太大了。」管家皺著眉頭嘀咕一句，看到她一直抱著那個孩子站著，不由得伸出手。「郡主，把這孩子交給我抱著吧？」

「不用。」朱顏搖了搖頭，「輕得很。」

這孩子只有在昏迷中才會這麼乖、這麼軟，鼻息細細，如同一隻收斂了利爪和牙齒的小貓，令人一時間真是捨不得放下。

然而下一瞬間，她眉梢微微一挑，臉色倏地變了。

「回車上！」她把孩子往管家懷裡一塞，厲聲道：「馬上去叫人過來！這裡面出事了！」

管家還沒回過神，就見朱顏手腕一轉，玉骨「唰」的一聲化作一道閃電飛出，轟然擊碎房間深處的那一扇門。

那扇門是通往後院的，最早那個去請申屠大夫的屠龍戶便是從這道門出去，卻一直未見回來。

此刻，門應聲而倒，露出後院的情景。

只見裡面橫七豎八的全是屍體，一具疊著一具，沉默無聲，唯有洶湧而出的鮮血染紅地面——這些剛死去的不是鮫人，而是此地的屠龍戶！

當門轟然倒下時，有數條黑影一掠而過。

「快，快回大門口！」管家一瞬間變了臉色，轉過頭來拉住她，往馬車上扯。「郡主，快走！這裡危險！」

「別管我。」朱顏卻一把甩開他的手，對著裡面厲喝：「還想跑？站住！」

她足尖一點，追著玉骨的光芒便掠過去，快如閃電。

她追到後院的時候，那些黑影已經躍上屋簷，一個個身手俐落、行動迅速，顯然是受過長期訓練。那些人雖然都蒙著面，然而雙眸湛碧，一頭水藍色的長髮在風裡獵獵飛揚，一望便知是鮫人。

「站住！」朱顏厲斥一聲，手指一點，玉骨化成一道光呼嘯而去，想要截住當先的那個人。然而，那個人身形驟然後退，竟快如閃電地擊開這一擊。只聽「唰」的一聲，那些鮫人齊刷刷地握劍躍下屋簷。

朱顏一點足，跟著跳上屋頂，一把將玉骨握在手裡。然而俯身看去，整個村子裡空空蕩蕩，底下再也沒有一個人影，那些鮫人竟然像是一躍就消失在了虛空裡，只有屋後的水渠微微蕩漾。

她恍然大悟：這個屠龍戶聚居的村子裡，房前屋後那些四通八達的水網，原本是為了方便屠殺清洗鮫人而設，此刻反而成了鮫人們脫身的捷徑。那些鮫人一躍入水裡，立刻無影無蹤，怎麼也找不到。她俯身茫然地看著水面上的波紋，直到聽見外面再度傳來聲音，才霍然驚醒。

「郡主！郡主！」來的是管家，身後領著一大群士兵。管家臉色煞白地跑進來，一眼看到她才長長鬆了口氣。「郡主，您沒事吧？謝天謝地！」

「我沒事。」她躍下了地來，四處查看。

院子裡的血腥味比房間裡還濃重，令人作嘔。那些屠龍戶都已經死了，而且死狀極其淒慘，是被人一劍封喉之後再開膛破腹，在死時估計連一聲悲鳴都來不及發出。看樣子，對方也是下手狠辣，顯然是做慣了這種刺殺的事。

「又是復國軍！」統帥士兵的校尉一眼看到後院的慘況，嘀咕了一聲，立刻吹響號角。四個角樓上瞬間回應以號角，旗幟閃動，只聽四面的水裡有東西被連續不斷地放下，似是在攔截著什麼。

然而，水下忽地傳來刺耳的聲音，金鐵交擊，一路遠去。

「可惡！居然把水下柵欄都砍斷了嗎？這些殺不盡的賤民！」校尉恨恨啐了一口，頓了頓，看到朱顏在旁，連忙賠笑：「讓郡主受驚了！幸虧郡主沒事，否則在下腦袋難保……」

「沒事。」朱顏怔怔出神了一會兒，只道：「復國軍經常闖入這裡嗎？」

「是。簡直是令人頭痛無比。」校尉嘆一口氣，「他們恨死了屠龍戶，經常闖進來殺死我們的人，帶走籠子裡那些鮫人奴隸。唉，我都懷疑他們在這裡安插了奸細，否則我們防得這麼嚴，他們怎麼還能一次次來去自如？」

朱顏卻沒有聽他後半截話，脫口問：「那……申屠大夫也死了嗎？」

「啊？那個老傢伙？應該也難逃一劫吧。」校尉嘆了口氣，邊說邊在屍體堆裡翻找，隨後「咦」了一聲。「奇怪，申屠大夫不在這裡！難道是……」他立刻直起腰來吩咐：「快去地下室看看！」

「是！」士兵領命而去，不到片刻便跑回來。「申屠大夫沒事！他……他剛才正好在地下室裡配藥，壓根兒不知道外面發生什麼！」

「太好了！」校尉拍一下大腿，「這老傢伙真是命硬！」

第十二章　蘇摩

在復國軍潛入刺殺時，申屠大夫正好在地下室裡調配藥物，所以躲過這一劫。然而這個六十多歲的老屠龍戶在看到地面上同伴的屍體時，也不禁變了臉色，幸虧旁邊的校尉眼明手快，一把將他拉住。

「作孽……作孽呀！」他睜著昏花的老眼，捶著腿迭聲道：「我就知道做這一行早晚是有報應的！」

「是在下失職，回頭向總督大人自行請罪去。」校尉臉色也很不好看，低聲道：「好，先別難過了……這邊朱顏郡主還等著你去看病呢。」

「豬……豬什麼？」申屠大夫揮著手，老淚縱橫嘆著氣。「你看看，這裡人都死成這樣，哪還有什麼心情給豬看病喲！」

朱顏氣得眉毛倒豎，強行忍住衝過去揍他一頓的衝動。看在這屠龍戶年紀大了，眼花耳聾，又驟然遭受打擊的分上，算了。忍一忍，畢竟還得求他看病呢。

「大膽！」管家卻看不下去，上前一步喝止：「赤王府的朱顏郡主在此，區區一個屠龍戶，居然敢出言無狀？」

申屠大夫聞聲轉過頭，睜著昏花老眼看了半天，疑惑地問道：「你是誰？口氣真夠大呀。」

管家涵養雖好，臉色也頓時青白不定。

「好了好了。」校尉知道這個老屠龍戶的臭脾氣，連忙出來打圓場，拉著他的胳膊走到朱顏面前。「喏，這位才是赤王府來的朱顏郡主。聽見了沒？人家是個郡主，貴人呢！她的鮫人病了，特地趕過來讓你看看。」

「喲……貴人？」申屠大夫皺了皺眉頭，鼻子抽了幾下，湊過去嘖嘖道：「的確是貴呀……貴得很！用的是上百個金銖一盒的龍涎香吧？連群玉坊的頭牌們都用不起這麼好的香料……」

他眨著迷糊的眼睛，一邊嘀咕一邊湊上去，鼻尖幾乎碰到朱顏的胸口。朱顏再也忍不住，勃然大怒，一把揪住這個老傢伙的衣領，單手給提了起來，幾乎要抽他一個耳光。「老不正經的！找打呢，是不是？」

「哎，別、別！」校尉嚇了一跳，連忙過來討饒，「這老傢伙就是這樣。一把年紀了，又好酒又好色！今天看起來又是喝多了……他脾氣臭得很，郡主您別和他計較。」

「我不和他計較。」朱顏冷笑一聲吩咐：「管家，把他給我帶回去！」

「是！」管家帶著侍衛走上來，卻未直接動手抓人，反而客氣地對那個老屠龍戶作了個揖道：「申屠大夫，有請了。」

「不去！」看到對方如此恭敬，那個申屠大夫竟是得了意，甩下臉來，把頭搖得和撥浪鼓似的。「今天老子心情不好，哪兒都不去！」

「你這老傢伙！給你臉不要臉是吧？」朱顏氣得又要上去打他，卻被管家暗中拉住衣角，偷偷搖了搖頭，附耳低聲道：「郡主，那老傢伙可賊得很，最好對他客氣一點，否則他就算去了也未必會好好看病。萬一神不知鬼不覺地換了幾味藥，把那孩子給治死了，那就……」

「他敢！」朱顏吃了一驚，大怒。

「他有啥不敢的……一個老光棍，無兒無女、孤家寡人的。」管家低聲道，指了指那個滿身酒氣和血腥的老人。「他是屠龍戶裡資格最老的，連帝君以前最寵幸的那個鮫人——秋水歌姬，都是他親手剖出來的。在葉城，就連總督大人都讓他三分呢……」

「秋水歌姬？」朱顏吃了一驚。

那個傳奇般的鮫人，據說有著絕世的容顏和天籟一樣的歌喉，一度寵冠後宮、無人能比。北冕帝對其神魂顛倒，甚至專門為她在帝都興建瞭望海樓，以解她無法回到大海的思鄉之苦。

只可惜這個絕世美人非常薄命，受寵不過五六載便死於非命。在她死後，北冕帝哀慟不已、罷朝數月，最後竟然想要追封她為皇后，並要安葬在只有空桑帝后才能入葬的九嶷山帝王谷。此事自然引起朝野譁然，六部藩王齊齊上書阻止，尤其白王更為憤怒，幾乎引發了雲荒的政局動盪。

難道那個傳奇般的美人，竟然也是出自這雙血汙狼藉之手？

她有些為難地說：「那……他要是不肯治好這個孩子，要怎麼辦？」

「沒事，讓屬下來處理。」管家和她說了一句，便朝著申屠大夫走過去，低聲說了幾句什麼，頓時看到申屠大夫表情大變，瞬間眉開眼笑，不停地點頭：「行！行！我馬上跟你去！」

「走吧。」管家含笑走回來，「沒問題了。」

朱顏咋舌不已問：「你是怎麼搞定他的？」

管家笑了一聲，搖頭說：「這般事，還是不和郡主說為好。」

「說吧說吧！」她的好奇心一下子提了上來，扯住管家的袖子。「你到底是怎麼說服他的，讓我也好學學。」

管家有些為難地看了看樂顛顛自動爬上馬車的申屠大夫，又看了看朱顏，咳嗽幾聲，低聲道：「屬下剛才和他承諾說，只要他肯好好給郡主的鮫人看病，他在星海雲庭一個月的花費，便都可以算在赤王府的帳上。」

朱顏愕然：「星海雲庭？那又是什麼？」

「不瞞郡主。」管家有些尷尬地頓了一下，「這星海雲庭，乃是葉城最出名的……咳咳，青樓妓院。」

「啊？」朱顏一時愣住，當管家以為郡主女孩兒家臉皮薄，聽不得這種地方時，卻見她眼睛一亮，鼓掌歡呼道：「太好了，我還沒去過青樓呢！你帶我一起去那兒看看吧！也掛在王府帳上，行不行？」

管家差點吐出一口血來：「這怎麼行！」

「行的行的！就這麼說定了啊！」她滿心歡喜，一下子蹦上馬車。「我不會告訴父王的！以後一定會在他面前給你多美言幾句！」

在馬車上，那個申屠大夫抱過那個小鮫人，掐了一下人中。也不知道他用的是什麼手法，孩子居然應聲在他膝蓋上悠悠醒來，睜開眼睛一看，立刻往後縮一縮，眼神裡滿是厭惡。

這種雙手沾滿血的屠龍戶，是不是身上都有一種天生讓鮫人退避三舍的氣息？然而，那個孩子被朱顏用術法鎖住身體，無法動彈。

申屠大夫在顛簸的馬車上給孩子把了脈，淡淡地說：「不妨事，只是一向營養不良，身體太虛弱而已。這一路上顛沛流離，導致風邪入侵，吃一帖藥發發汗、順一下氣脈就會沒事。」

「這麼簡單？」朱顏卻有些不信。

「就這麼簡單！小丫頭片子妳懂什麼？」申屠大夫睜著一雙怪眼冷笑，「鮫人雖然嬌弱一點，但身體構造簡單，反而不像人那樣老生各種莫名其妙的病。我手下治好的鮫人沒有一千也有八百，怎麼會不知道？」

朱顏很少被人這麼嗆，一時間有些惱怒，但看在這個大夫可能是那個孩子唯一救星的分上也沒有發火，只道：「等到了行宮再仔細看看吧。」

馬車飛馳，不一時便到赤王行宮，盛嬤嬤早已等候多時，看到他們平安歸來，立刻歡天喜地將一行人迎了進去。

面對著金碧輝煌的藩王府邸，中屠大夫昂然而入，並無半分怯場，一坐下來便吆五喝六地索要酒水，扯過紙張，一邊喝酒一邊信筆揮灑，「唰唰」地便開完了藥方，口裡只嚷：「包好、包好！喝個三天，啥事都沒了！」

他開完方子，把杯子裡的酒一口喝完，便拍拍屁股站起來，一把拉住管家，急不可待地說：「現在可以去星海雲庭了吧？你說話得算話！」

「等一下！你這個大夫怎麼這麼草率啊？」朱顏卻皺起眉頭，看了看那個孩子，「既然來了，順便給這個小傢伙再看看吧。肚子鼓那麼高，是不是有點問題？」

那個孩子被寬鬆的布巾包裹著，本來看不出腹部的異樣，然而等朱顏揭開衣服，中屠大夫不耐煩的眼神立刻就變了。「什麼？」他也不提要去尋花問柳的事，立刻重新坐下來，將孩子抱過來，伸手仔細地按了又按，神情漸漸有些凝重，嘀咕一聲：「奇怪，裡面居然不是個腫塊。」

「啊？不是腫塊？」朱顏心裡不安，「難道是腹積水嗎？」

「不是。」申屠大夫用手按著孩子的小腹，手指移到氣海的位置，微微用力，然而孩子只是皺了皺眉頭，並沒有露出太痛苦的表情。「很奇怪啊……」申屠大夫喃喃說了一句：「那裡面，似乎是個胎兒？」

「什麼？」朱顏嚇了一大跳，「胎兒？」

大家也都吃了一驚，一齊定睛看著那個孩子——瘦小蒼白，怎麼看也不過是人類六七歲孩童的模樣，而且尚未分化出性別，如何會有了胎兒？

「你開玩笑吧？」朱顏再也忍不住，放聲哈哈大笑起來，惹得一屋子的人也隨之笑個不停。「這麼小的孩子，怎麼可能會懷孕？」

「老子從不開玩笑！」聽到他們的笑聲，申屠大夫勃然大怒，一把將那個孩子抓起來放在桌子上，用瘦骨嶙峋的手按住凸起的腹部，厲聲道：「就在這裡面，有個胎兒！而且是一個死胎！不信的話，去拿一把刀來，我立刻能把它剖出來！如果裡面不是胎兒，老子把腦袋切給妳！如果是，妳切了妳的！」他狠狠地看了朱顏一眼，「怎麼樣，敢不敢和我打這個賭？」

朱顏被他瞬間的氣勢壓住了，一時間竟沒有回答。按照她的脾氣，被這麼一激早就跳起來了，然而此刻看著桌子上滿眼厭惡卻無法動彈的瘦小孩子，硬生生又把話給吞回去。

她吸了一口氣，勉強開口：「那……為什麼裡面會有個胎兒？」

「老子怎麼知道！」申屠大夫恨恨道，鬆開了手，那個孩子眼裡的厭惡神色終於緩解一點，拚命地挪動身體，想要逃離他的身側。

朱顏看得可憐，便伸手將孩子抱到自己懷裡，他才堪堪鬆了口氣。

「這個小傢伙的父母呢？在哪裡？」申屠大夫坐下來，盛嬤嬤又給他倒一杯酒。「去問問父母，估計能問出一點什麼。」

朱顏搖了搖頭：「父母都找不到了。」

「那兄弟姊妹呢？」申屠大夫又問：「有誰知道他的情況？」

朱顏嘆了口氣：「似乎也沒有，是個孤兒。」

「那就難辦了……」申屠大夫喝完酒，抹了抹嘴巴，屈起一根手指。「讓我來猜的話只有一個可能性，但微乎其微。」

「什麼？」朱顏問。

「這孩子肚子裡的胎兒，是在母胎裡就有的。」申屠大夫伸出手，將她懷裡那個孩子撥過來，翻來覆去地細看。「也就是說，那是他的弟弟。」

朱顏愣住了，脫口道：「什麼？弟弟？」

「有過這種先例。」申屠大夫搖著頭，「以前我見過一例。就是母親懷了雙胞胎，但受孕時養分嚴重不足，只夠肚子裡的一個胎兒活下去，到最後分娩的時候，其中一個胎兒憑空消失了，既沒有留在母體內，也沒有被生下來。」

朱顏喃喃問：「那是去了哪裡？」

「被吃掉了！」申屠大夫一字一頓，「那個被生下來的胎兒，為了爭奪養分活下去，就在母體內吞吃掉另一個兄弟！」

「什麼？」朱顏怔住了，不敢相信地看著懷裡那個瘦小的孩子。

那個孩子聽著申屠大夫的診斷，身體在微微發抖，一言不發地轉過頭，似乎不願意看到他們，眼睛裡全是厭惡的表情。

「當然，這些事情，這孩子自己肯定也不記得了。」申屠大夫搖頭，「那時候還是個胎兒，會有什麼記憶？他做這一切也是無意識的。」

朱顏抬起手臂，將那個單薄瘦小的孩子攬在懷裡，摸了摸柔軟的頭髮，遲疑了一下問：「那……這腹中的死胎，可以取掉嗎？」

「啊？郡主想把它取掉？」申屠大夫聽到這句話，一下子興致高昂起來。「太好了！這種病例非常罕見，碰到一例算是運氣好。我來我來！什麼時候動刀？」

這回朱顏沒有說話，低頭看了看那個孩子。

孩子也在無聲無息地看著她，湛碧色的眼睛深不見底，裡面有隱約的掙扎，如同一隻掉落在深井裡無法爬出來的小獸。

她蹙眉，擔憂地問：「取出來的風險大不大？」

「大，當然大！這可比給鮫人破身劈腿難度大多了，大概只有十分之一的生還機會。」申屠大夫搖著頭，豎起三根手指。「不瞞妳說，上次那個病例，母子三個最後全死了，一個都沒保住。」

懷裡的孩子顫了一下，朱顏一驚，立刻一口回絕：「那就算了！」

「真的不動刀？」申屠大夫有些失望，看了看這個孩子，加重語氣說道：「可是，如果讓這個死胎繼續留在身體裡，不取出來的話，估計這個孩子活不過一百歲……到那個時候我早就死了，這世上未必還有人能夠替妳動這個刀，這孩子連十分之一活命的機會都沒有。」

朱顏手臂顫動一下，皺眉看著那個孩子。

那孩子縮在她臂彎裡，瘦小的臉龐蒼白沉默，沒有表示同意的表情。難道這個孩子願意和死去的孿生兄弟一起共存，直到死亡來臨？

「還是不了。」她終於咬了咬牙，拒絕這個提議。

「那可惜了……真是個極漂亮的孩子啊。」申屠大夫搖著頭，只是將那個孩子翻來覆去地看，如同研究著一件最精美絕倫的工藝品，嘴裡嘖嘖有聲。「我做了幾十年的屠龍戶，也從未見過這樣的一張臉。如果沒了肚子裡這個瘤，估計能賣出天價來吧？即便是當年的秋水歌姬，也沒有這樣的容色……」

那個孩子厭惡地躲避著他的手指，眼神狠毒，幾乎想去咬他。

「咦？這是——」

然而，那個老屠龍戶在把孩子翻過來時，動作忽然又停滯了。他湊了過來，鼻尖幾乎貼到孩子蒼白瘦弱的背上，昏花的老眼裡流露出一種迷惑和震驚的光芒，就這樣直直看著孩子的後背。

朱顏感覺到懷裡孩子的顫抖和不悅，連忙往後退一下，抬起手背擋住孩子道：「這孩子的背上，還有一大片黑痣。」

「黑痣？不可能。」申屠大夫皺起眉頭，喃喃說著，再度伸出手指，想觸碰孩子的背。「這不像是黑痣，而是……」

「別亂摸！」朱顏「啪」的一聲拍掉伸過來的手，將孩子護在懷裡，如同一隻護著幼崽的母獸。「我也沒讓你來治這個！」

申屠大夫停住手，怔怔地盯著看了半天，忽然一拍大腿，低低說一句：「哎，我的天啊！難道是……」

「怎麼了？」管家看到他表情忽然大變，忍不住警覺起來。

「沒事，只是想起有件事沒弄好，得先走了！」申屠大夫倏地站起來，差點碰翻茶盞。「告辭告辭。」

管家忍不住皺了皺眉頭問：「現在就要走？不去星海雲庭了嗎？」

「哦，改天……改天好了！」申屠大夫擺著手，連聲道：「放心，這筆帳我不會忘記的！回頭再來找你！」說話間，他已經匆匆走出去，留下房裡的人面面相覷。

「這個孩子到底是怎麼回事……」盛嬤嬤原本是極喜愛這個小鮫人，然而聽申屠大夫這麼一說，心裡也是發怵，上下打量著，想伸出手去摸那個凸起的小小肚子，嘴裡道：「難道肚子裡真的是吞了同胞兄弟？」

看到老嬤嬤來摸，孩子深不見底的眸子有光芒掠過，如同妖魔，忽地露出牙齒對著她齜了一下，喉嚨裡發出小獸一般的威脅低吼。

「哎！」盛嬤嬤嚇得縮回手，往後退一步，迭聲道：「這……這孩子，還真的有點邪門！郡主，我勸妳還是別留了，反正王爺也不會允許妳再養個鮫人在身邊。」

朱顏皺眉說：「我不會扔掉這孩子。」

「扔掉倒不至於。」盛嬤嬤嘆了口氣道：「不如給孩子找個新的主人……聽說葉城也有仁慈一點的貴人喜歡養鮫人，比如城南的紫景家。」

「那怎麼行！」朱顏提高聲音，「這孩子現在這個樣子，有哪個人會養？那麼小的畸形孩子，又不會織鮫綃，不值什麼錢。除非低價買去，殺了取一對凝碧珠。難道妳是想讓我把這小兔崽子趕出去送死嗎？」

懷裡的孩子微微震了一下，看了她一眼沒有說話。

「那自然是不能的。」盛嬤嬤皺眉，忽然道：「要不，乾脆放回碧落海去算了？」

這個提議讓朱顏沉默片刻，下意識地低頭看了看懷裡的小孩，許久才道：「昨天晚上我才剛剛把這個小兔崽子從復國軍手裡搶回來，難道又要把他放回去嗎？」

「放回大海，也是這孩子最好的歸宿呀！」盛嬤嬤看到郡主的態度似乎有些鬆動，連忙道：「每個鮫人都想著回去碧落海，這孩子不也一樣嗎？」

「是嗎？」朱顏低下頭，問懷裡瘦小的孩子。

然而那個孩子臉上的神色還是冷冷的，似乎完全不在意她們在討論著關於自己的大事，並無絲毫緊張或者不安，也無任何激動或者期待，彷彿回不回大海、去不去東市西市，都是無所謂的事情。

朱顏皺著眉頭看了看這孩子，看不出他的態度，不由得嘀咕一聲：「喂，莫非你不僅肚子裡有問題，腦子也是壞的嗎？」

那個孩子終於轉過頭，冷冷看了她一眼。

「放生雖然是件好事，但這小傢伙是在陸地上出生，長這麼大估計都沒有回過真正的大海。」朱顏看著懷裡這個滿身是刺的小傢伙。「而且，原本的魚尾巴已經被割掉了，拖著這樣的身體，回海裡還能不能活都不知道呢。」

盛嬤嬤苦笑：「難道郡主還想把這孩子養大了再放回去？」

「我覺得養個幾十年，等長大了、身體健壯一點，再決定動刀子或者放回去比較好。」她點了點頭，認真道：「總得確保平安無事了，再放他出去任他走。」

盛嬤嬤一時無語，忍不住地嘆著氣，苦笑道：「郡主，難不成妳是打算養這個孩子一輩子？」

是的，這個鮫人孩子非常幼小，看上去不過六十歲的模樣，待得長到一百歲的成年分界線，總歸還有三、四十年的光景吧？可是對於陸地上的人類而言，那幾乎便是一生的時間。

「赤王府又不缺這點錢，養一輩子又怎麼？」朱顏將懷裡的孩子舉起來，放在眼前，平視著那雙湛碧色的眼睛，認真地說道：「喏，我答應過你娘，就一定會好好照顧你。放心，有我在，啥都別怕。」

那個孩子沒有說話，只是看著她，深深的瞳孔裡清晰浮現出她的臉龐，卻喜怒莫測。朱顏有些氣餒，雙手托著他肋下，晃了晃這個沉默的孩子問：

「喂，難道你真的想跟著那些鮫人回海裡去？如果真的想回去就說一聲，我馬上把你放到回龍港。」

那個孩子看著她，終於搖了搖頭。

「不想去？太好了！」朱顏歡呼一聲，「那你就留在這裡吧！」

然而，那個孩子看著她，又堅決地搖了搖頭。

朱顏臉上的笑意頓時消失，恨恨地看著這個孩子說：「怎麼，你也不想跟著我？傻瓜，外面都是豺狼，這世上不會有人對你比我更好了！」

那個孩子還是緩緩搖頭，湛碧色的眼眸冷酷強硬。

「喂，真討厭你這種表情！」朱顏嘀咕一聲，只覺得心裡的火氣一下子上來了，給了孩子一個爆栗子。「小兔崽子！你以為你是誰？想留就留，想走就走？沒門！沒把你身上的病治好之前，你哪兒都不許去！」

她一手就把這個孩子抱起來，孩子極輕極瘦，如同抱著一個布娃娃。

「真是不知好歹的小傢伙！如果我不管你、把你扔在外面，三天不到，你立刻就會死掉！知不知道，小兔崽子？」

孩子照例是冷冷地轉過頭去，沒有回答。然而，當朱顏沮喪地抱起孩子，準備回去房間時，忽然聽到一聲極細極細的聲音傳入耳際，如同此刻廊外的風，一掠而過。

「什麼？」她吃了一驚，看著那個未曾對她開口說過一句話的孩子。「剛才是你在說話嗎？」

「我不叫小兔崽子。」那個孩子抬起頭，用湛碧色的眸子看著她，又沉默片刻，忽然開口，清清楚楚地吐出四個字：「我叫蘇摩。」

朱顏愣在那裡，半晌才發出一聲歡呼，一把將這個孩子抱起來，捏了捏對方的小臉。「哇！小兔崽子，你……你說話了！」

「我叫蘇摩。」那個孩子皺了皺眉頭，閃避著她的手，重複一遍。

「好吧。」她隨口答應，「你叫蘇摩，我知道了。」

「我願意動刀子。」孩子看著她，一字一句說道。

朱顏臉上的笑容頓時凝結。「你說什麼？」

那個叫蘇摩的孩子看著她，眼神冷鬱而陰沉，緩緩道：「我願意讓那個大夫動刀子剖開我，把那個東西從我的身體裡取出來。」

她倒吸一口氣。「這很危險，十有八九會死！」

「那是我的事。」蘇摩的聲音完全不像一個孩子，把小小的手擱在自己的肚子。「取出它！我……我討厭它，再也不願意和它共用一個身體。」

朱顏蹙眉看了這孩子片刻後道：「不行！你太小了。成年鮫人動那種刀子十有八九會死在當場，何況你這個小兔崽子？要知道我現在是你的主人，萬一你死了，我怎麼和魚姬交代？」

「你才不是我的主人。」蘇摩冷冷截口，「我沒有主人。」

「喲，人小心氣高嘛！覺得自己很厲害對吧？」她嘲諷地把這個瘦小的孩子提了起來，在眼前晃悠。「聽著，無論你承不承認，現在你就是個什麼也不是的小兔崽子，處於我的保護之下。我說不行，就是不行！」

「放開我！」那孩子憤怒地瞪著她，「我寧可死，也不要這樣下去！」

孩子的語氣冰冷而強硬，說到「死」字的時候，音節鋒利如刀，竟讓朱顏心裡微微一愣，倒吸一口氣。

這個孩子，不是在開玩笑。

她放緩了語氣道：「聽著，剛才那個申屠大夫的話只是一家之言，等我再去問問空桑其他大夫，看看是不是有別的方法可以讓你……」她邊說著，邊用手指戳了戳孩子柔軟的肚子。「讓你安全一點地把肚子裡的孩子生下來。」

「放開手！」那個孩子拚命想從她的手裡掙脫，「別碰我！」

「我不是不想給你治病，只是想替你找到最合適的法子而已。我可不敢拿你的小命去冒險。」她嘆了口氣，看到孩子還在奮力掙扎，不由得怒從心頭起，冷哼一聲。「不過，你得給我安分一點。不許亂動，否則——」她揚了揚手恐嚇：「可別怪我打你屁股！」

那個孩子一下子僵住了，死死盯著她，臉色倏地蒼白，眼裡幾乎要露出咆哮的表情，卻最終還是咬緊了嘴唇，沉默下去。

「怎麼，怕了吧？」朱顏不慌不忙地鬆開手，把這孩子扔給旁邊的盛嬤嬤，滿懷得意。唉，以前在師父那兒受的氣，今天可終於有地方發洩了。原來有個任人欺負的小跟班，感覺竟然是那麼好。

「管家，記著明天替我去總督府一趟，給這個小兔崽子辦一張丹書身契。」她轉身吩咐：「奴隸的名字寫蘇摩，主人的名字就寫我，知道嗎？」

「是。」管家領命。

背後傳來孩子憤怒的聲音：「我沒有主人！」

「呵呵，這可由不得你。」她笑嘻嘻地看著這個炸了毛的小鮫人，明麗的臉上浮現促狹的笑容，捏了捏孩子的面頰。「回頭我用黃金打一個項圈，用寶石鑲上主人我的名字套在你脖子上，保證其他鮫人奴隸都羨慕你！」

看著那個孩子憤怒而蒼白的小臉、幾乎要殺人的眼神，她卻忍不住舒暢地大笑起來。哎呀，真好玩，有了這個小傢伙，估計回到西荒也不會無聊了，這一趟出來還真是值得。

她笑著笑著，忽然想起什麼，眼神便是一暗。

是的，這一趟出來，其實不是為了去帝都見駕，反而多半是為了半路要經過的葉城。從天極風城出發時，她心裡其實是懷著一個隱祕的願望，怎麼一路走到這裡，居然就忘了呢？

她可是為了淵而來。

淵，這個名字如同一點暗火，從少女情竇初開的懵懂年紀開始，在她內心一直幽幽燃燒。那灼熱的傷痛感，從未因為離別而平息。

她十八歲了，歷經出嫁、喪夫，終於可以獲得一點自由，來到這裡尋找他。葉城聚集了雲荒大地上一半的鮫人，也是淵經常提起的地方，據說他昔年便是從葉城來到赤王府。那麼，如果他離開，很可能也會回到這裡吧？她從西荒不遠千里來到葉城，如果運氣好的話，說不定會遇到他。

在出發之前，她曾經在神像面前默默許下願望。

可是一路到了現在，還是沒有任何淵的蹤影。

「嬤嬤，明天開始，我要去葉城四處轉轉。」朱顏抬起手，輕輕撫摸著貼身佩戴的那個墜子，開朗的眉間有淡淡的憂愁籠罩。「我要去找一個人……如果在葉城也找不到，那我真的是一點辦法也沒有了。」

盛嬤嬤在一旁看著，情不自禁地嘆了口氣。

是的，她知道這個孩子心裡在想什麼。

三年前，當她看到這個貴族少女眉宇之間出現這樣的愁緒時，便知道自己親手帶大的小郡主已經不再是個孩子。郡主心裡有了事，再也不能如同童年時候那樣無憂無慮。

可是，郡主啊……妳又知道那個鮫人，到底是一個什麼樣的人嗎？

妳還小，成長在一個小天地裡，還沒見過這個世界真實的模樣，所以還不明白自己所喜歡的，到底是一個想像中的幻影，還是一個真實的人吧？

第十三章　風雲會

葉城總督府。午茶時分，幽靜的庭院裡只有春日的鳥啼，廊下微風浮動著花香，空無一人，一隻雪白的小鳥站在高高的金絲架上，垂著頭瞌睡。

「前日擒回來的那幾個復國軍戰士，都已經下獄拷問過了。」白風麟合上手裡的茶盞，和對面的人低聲道：「所有的刑罰都用上了，還是一句都沒有招供。唉，那些復國軍，個個簡直都不是血肉之身一樣。」

對面空無一人，只有一道深深的珠簾低垂。

簾幕後，隱隱約約有一個影子寂然端坐。

「倒是硬氣。」簾子後的人淡淡道。

白風麟嘆了口氣，「那些鮫人，估計是破身劈腿的時候就已死過一次，吃過常人吃不了的苦，所以反而悍不畏死吧？刑訊了一天一夜，已經拷問得殘廢了，舌頭都咬斷，卻一句話都不招。」

「就算舌頭斷了，也容不得他們不招。」簾子後那個人微微冷笑，「等會兒把為首的那個鮫人帶到我這裡，我自然有法子讓他開口。」

「是。」白風麟知道對方的厲害，「馬上就安排。」

「復國軍的首領是誰？」簾子後的人低聲道，一字一頓。「不惜代價，一定要把這個人找出來！」

白風麟很少聽到對方波瀾不驚的語氣裡有這樣的力度，不由得微微倒吸一口氣，笑道：「影兄乃世外高人，怎麼也對復國軍如此上心？倒是在下的運氣了，最近他們鬧得凶，讓葉城雞犬不寧啊。」

「何止葉城。」簾後之人低聲道，語音冰冷。「燎原之火，若不及早熄滅，將來整個雲荒都會被付之一炬。」

「整個雲荒？」白風麟愕然停頓一下，大不以為然，又不好反駁對方的意見，只能笑道：「復國軍建立了那麼多年，那些鮫人來回折騰也不見能折騰出什麼花樣來。影兄是多慮了吧？」

簾後的人只是淡淡道：「世人眼光短淺。」

被冷嘲，白風麟狹長的眼睛裡有冷光一掠而過，卻壓下怒火，笑道：「說得是。在下不過是紅塵裡的一介俗人，見識豈能和大神官相比。」

「知道就好。」簾後的人居然沒有說一句客氣的話，頷首應道。

白風麟知道這個人素來性格冷傲、孤芳自賞，完全不懂應酬交際，說出的話自然是不顧及別人感受，握著摺扇的手微微握緊，好不容易才忍下這口氣，笑道：「前兩天我按照吩咐，把葉城所有的鮫人奴隸名冊都拿過來，不知影兄看了多少？如果有用得著在下的地方，儘管開口。」

「已經看完了。」簾子後的人淡淡道，手指微抬，一道無形的力量瞬間將簾子捲起，一大堆簡牘書卷如同小山平移出來，整整齊齊地停在葉城總督的面前。「你拿回去吧。」

簾子捲起，春日午後的斜陽照在一張端正冷峻的臉上。

九嶷山的大神官穿著一身白袍，坐在深簾背後，眉目俊美、凝定冷肅，宛如雕塑。垂落的黃金架子上，停著一隻通體雪白、有著朱紅色四眼的飛鳥，身側放著一把傘。傘上的那一枝薔薇蜿蜒綻放，和對面葉城總督衣衫上的薔薇家徽遙遙呼應。

那，是白之一族的標記。

自己的父親、當代的白王，和時影的母親、去世的白嫣皇后，乃是一母同胞的兄妹。說起來，他們兩個人身上其實流著四分之一相同的血脈，是嫡親的表兄弟。可是，為什麼每次自己看到這個九嶷山的大神官，都覺得對方遙不可及呢？

他知道這個驚才絕豔的表兄，本該是空桑的皇太子、君臨雲荒的帝王，卻因為母親不為北冕帝所喜，生下來不久就被逐出伽藍帝都，送到神廟當神官。而青妃所出的皇子時雨，取代了他的位置。

「我們白之一族皇后所生的嫡長子，居然被廢黜驅逐？可恨……可恨啊！」有一次白王喝醉了，喃喃對著兒子說出心裡的話：「風麟，你要多親近親近表兄……知道嗎？他，才是真正的帝王！青族的那個小崽子算什麼東西！遲早我們……」

他恭謹地領命：「是，父王。」

是的。時影是帝君的嫡長子，即便沒有被冊立為皇太子，如今卻也是九嶷神廟的大神官，將來少不得會繼承大司命之位，成為空桑一人之下、萬人之上的人物。對這樣一位表兄，自己是萬萬怠慢不得。

所以，當這個本該在九嶷神廟的人忽然祕密來到葉城，提出一系列奇怪的要求時，自己也全數聽從了，並沒有半句詰問。更何況，大神官還主動提出要幫忙對付城裡鬧得凶猛的復國軍，更是正中他的下懷。

「你給的資料很齊全，涵蓋了近三百年來葉城所有的鮫人奴隸買賣名冊。」時影淡淡道：「只可惜我從頭看了兩遍，毫無收穫。在冊的鮫人奴隸一共二十七萬三千六百九十一名，沒有一個人是我想要找的。」

白風麟沒想到他在短短兩天內居然看完了這海量的資料，不由得倒吸一口冷氣。這樣驚人的閱讀能力和記憶力，遠遠超乎正常人，難道也是靠著修行術法獲得的？他愣了一下，忍不住問道：「你確認你所要找的那個鮫人，眼下就是在葉城？」

「是。」時影淡淡地只回答了一個字。

他說是，便沒有人敢質疑。

白風麟皺著眉頭，看著那如山一樣的資料。「不可能啊……葉城不敢有人私下畜養鮫人奴隸。你看過屠龍戶那邊的鮫人名冊嗎？那兒還有一些剛從海裡捕獲，沒有破身、沒有被拍賣的無主鮫人。」

「看過了。」時影冷冷道：「都沒有。」

白風麟皺眉問：「那個鮫人叫什麼名字？」

「不知道。」時影的語氣冷靜平淡，「既不知道名字，也不知道性別，更加不知道年齡和具體所在。」

白風麟愕然——這還能怎麼找？連性別年齡都不知道！

「但我所知道的是：最初曾在葉城待過，然後去了西荒，最近一次出現，是在蘇薩哈魯。」時影淡淡道：「而現在，應該已經回到葉城——這個鮫人誕生的地方。」

白風麟忍不住問：「這些都從何得知？」

「觀星。和螻蟻般的芸芸眾生不同，那些可以影響一個時代的人的宿命，是被寫在星辰上的。」時影看著那些堆積如山的卷宗資料，語氣裡第一次透出敬意。「當我察覺到那片歸邪從碧落海上升起時，就全心全意地追逐了整整三年。可惜，每一次都錯過了……」

連大神官也無法追逐到的人，豈不是一個幻影？

白風麟看著卷宗，慢慢明白過來：「你看完了所有資料，發現這上面所有的鮫人，都不符合你剛才說的軌跡？」

「是。」時影淡淡說：「不在這上面。」

「那又能在何處？葉城的所有鮫人名錄都在這上頭了。」白風麟苦思冥想，忽地一拍摺扇，驚呼起來：「難道……那個，竟是在復國軍？」

是的，按照眼下的情況，如果在葉城，卻又不在奴隸名冊上，那就唯有復國軍裡的鮫人。

時影頷首：「這個可能性最大。」

「難怪你要幫我清剿復國軍，原來是在追查某個人？」白風麟恍然大悟，「好，我立刻去吩咐他們，把那幾個復國軍俘虜都移交給你處理。」

「儘快。」時影不再說什麼，手指微微一動，捲起的簾子倏地落下，將他的臉重新遮擋在暗影裡。

這樣的意思，便是談話結束，可以走人了。

葉城總督也識趣地站起來，起身告退。然而剛走了幾步，他彷彿想起什麼，忽地回過頭笑道：「對了，前幾日在葉城外，我倒是見到赤之一族的朱顏郡主。原來她竟也跟著赤王來到這裡。」

「哦？」時影不置可否，「是嗎？」

白風麟笑道：「那位朱顏郡主，聽說曾是影兄的徒弟？」

「是。」時影淡淡道，似不願多說一個字。

「名師出高徒，難怪身手那麼好，被一群鮫人復國軍拖入海底圍攻，居然還能劈開海逃出一條命。」白風麟讚了一聲，似是躊躇一番又道：「聽說……她剛剛新死了丈夫？」

「是。」時影繼續淡淡地說道，語氣卻有些不耐煩。

「可惜了……」白風麟嘆一口氣，「若不是她剛嫁就守寡，實在不吉利，我倒是想讓父王替我去赤王府求這一門親。」

簾子後的眼睛瞬間銳利起來，如同閃電掠過。

「赤王的獨女，人漂亮又有本事。若能娶到，必能添不少助力。」白風麟忍不住自言自語：「只可惜偏偏是個新喪夫的寡婦，我身為白王的繼承人，再娶過來當正室，未免貽笑大——」

話說到一半，他的呼吸忽然停住。

空氣凝結了，彷彿有一隻無形的手驟然從半空降臨，一把扼住他的咽喉，將葉城總督硬生生凌空提起來，雙腳離地。

他頓時喘不過氣來，拚命掙扎，一句話也說不出口。

「住嘴。」簾幕後暗影裡的人隔空抬起兩根手指，微微併攏，便將簾子外的人捏了起來。一雙眼睛雪亮如電，冷冷看著被提在半空中掙扎的葉城總督，半晌才用森然入骨的語氣開口：「我的徒弟，哪裡輪得到你們這些人說三道四？」

兩根手指驟然放開，凌空的人跌落在地，捂著咽喉喘息，臉色蒼白。

然而，等白風麟抬起頭時，簾幕後的影子已經消失。他掙扎著從地上站起，不敢停留，跌跌撞撞地離開這個庭院，心裡驚駭無比。

這個喜怒無常的大神官，心裡到底想著什麼？

這個平時不動聲色的人，竟然一提到那個小丫頭就毫無預兆地翻臉，實在是令人費解。莫非是……白風麟一向是個洞察世情的精明人，思索片刻，心裡猛然「咯噔」了一下，臉色幾度變化。

「把前幾天抓到的那幾個復國軍，統統都送到後院裡去。」他一邊想著，一邊走了出去吩咐下屬。「送進去之後就立刻離開，誰也不許在那裡停留，出來後誰也不許說這事兒，知道嗎？」

「是！」下屬領命退下。

當四周無人後，白風麟坐在大堂的椅子上，抬起手，心有餘悸地摸著咽喉。剛剛那一瞬，他都不知道發生了什麼，整個人便已經離地而起。一股無法抗拒的力量鎖住他的咽喉，奪去他的呼吸。

雖然只是一瞬間的事，卻是令人刻骨銘心。

那種人為刀俎、我為魚肉的感覺，讓葉城總督在驚魂方定之後，心中驟然湧現一種說不出的憤怒和恥辱——身為殺出一條血路才獲得今天地位的庶子，他從來不是一個好相處的人，更是第一次被這樣羞辱。

白風麟看著深院裡，眼裡忽然露出一股狠意。

這個人忽然來到葉城，命令他做這些莫名其妙的事情，到底是為了什麼？本來看在他是同族表親，能力高超又可以幫自己對付復國軍的分上才答應相助，但現在看來，竟是請神容易送神難。

堂堂葉城總督，豈能被人這樣玩弄於股掌之間？

他的手指慢慢握緊，眼裡竟隱約透出殺氣。

「總督大人。」正在出神，外面卻傳來侍從的稟告：「有人持著名帖，在外面求見大人。」

「不見！」白風麟心裡正不樂，厲聲駁了回去。

「可是……」這個侍從叫福全，是白風麟的心腹，一貫會察言觀色，知道主人此刻心情不好，卻也不敢退下，只是小心翼翼地道：「來人持著赤王的名帖，說是赤王府的管家，奉朱顏郡主之命前來。」

「赤王府？」白風麟愣了一下，冷靜下來。「朱顏郡主？」

那一瞬，他眼前又浮現那個冷月之下的貴族少女身影，心裡一動，神色不由得緩了下去問：「何事？」

福全道：「說是郡主新收了一個小鮫人，想來辦一份丹書身契。」

「哦，原來是這事兒。」白風麟想起那個差點被復國軍擄去的鮫人小孩。

「那小傢伙沒死啊？倒是命大……好，你帶他們去辦理丹書身契吧。」

「是。」福全點頭，剛準備退下去，白風麟卻遲疑了一下，忽然道：「等一下，赤王府的管家在哪？我親自去見見他。」

「啊？」福全愣了一下，「在……在廊下候著呢。」

「還不請進來？」白風麟皺眉厲斥：「吩咐所有人好生伺候著。等下辦好了，我還要親自送貴客回去赤王府。」

福全跟了他多年，一時間卻不由得滿頭霧水。

「這個管家是赤王跟前最得力的人，多年來一直駐在葉城和帝都，為赤之一族打理內外事務。」白風麟將摺扇在手心裡敲了一敲，一路往外迎了出去，低聲對身邊的心腹道：「將來若要和赤之一族聯姻，這個人可怠慢不得。」

「啊？聯……聯姻？」福全吃了一驚，脫口而出：「大人想娶朱顏郡主？她……她可是個新喪夫的寡婦啊！」他頓了頓，自知失言又連忙道：「不過郡主的確是年輕美貌，任誰見了也動心！」

「原本是沒想的，只不過……」白風麟冷笑一聲，有意無意地回頭看一眼深院。「我只想讓有的人知道，這女子我想娶就娶，可不是什麼痴心妄想。」

「是、是。」福全答應著，小心翼翼地提醒一句：「不過，娶正妻可是大事……還需得王爺做主啊。」

「放心，我自然會修書請示父王。」白風麟哼了一聲，「無論如何她是赤王的獨女，說不定還會是下一任的赤王，兩族聯姻，也算是門當戶對，父王即便覺得略為不妥，但我若堅持，他自然會替我求親。而赤王，呵……」說到這裡，他笑了一聲。「赤王估計是求之不得吧？本來這個新喪夫的女兒，可只有做續弦外室的份。」

「那可不是。」福全連忙點頭，「大人看上她，那是她的福分！」

兩人說著便來到外間，看到赤王府的管家正在下面候著，白風麟止住了話頭，滿臉含笑地迎上去，拉著手寒暄幾句、看座上茶，敘了好一番話後，竟是親自引著去辦理丹書身契。

赤王府的管家看對方如此熱情，心下不免詫異，然而聽到他十句話中八句不離朱顏郡主，畢竟也是人情練達，頓時明白幾分，話語也變得謹慎起來——白王長子、葉城總督身分尊貴，年貌也相當，他對郡主有意，自然是好事，可不知道赤王的意下如何，自己一個下屬又怎能輕易表態。

有總督親自陪著，原本需要半個月才能辦好的丹書身契變成了立等可取，等管家拿到奴隸的身契，白風麟便要福全下去準備車馬，打算親自送他們回赤王府上。管家受寵若驚地推辭了幾次推不掉，心知總督是有意親近，便不再反對。

然而，不等白風麟起身出門，福全從門外回來，湊過去在他耳邊輕聲稟告了幾句什麼，葉城總督的臉色便頓時變了一變，脫口：「什麼？」

福全看了看管家，有點為難。赤王府管家也是聰明人，看在眼裡，知道是外人在場有所不便，立刻起身告辭。

「臨時有事，分身乏術，還請見諒，替在下問候郡主。」白風麟也不多留，只是吩咐手下送上一對羊脂玉盒。「些微薄禮，還請郡主笑納。等來日有空，必當登門拜訪。」

管家深深行禮：「恭候總督大駕。」

等禮數周全地送走了赤王府的管家，白風麟屏退左右，臉上的笑容頓時凝結，變得說不出地煩躁。「怎麼回事？雪鶯居然又跑了？」

福全不敢看總督的臉色，低聲道：「是。」

白風麟氣得臉色煞白：「又是和皇太子一起？」

「是。」心腹侍從不敢抬頭，低聲道：「大人莫急，帝都那邊的緹騎已經出動，沿著湖底御道一路搜索過來，明日便會抵達葉城。」

「怎麼搞的，又來這一齣！」白風麟倏地站起來，氣得摔了手邊的茶盞。

「上次這兩個傢伙跑出帝都、偷偷到葉城玩，攪得全城上下天翻地覆，費了多大工夫才抓回去，現在沒過兩天又跑出來？還有完沒完了！」

福全不敢說話，噤若寒蟬。

「雪鶯這丫頭，以前文文靜靜、大門不出二門不邁，並不是這麼亂來的人啊……一定是被時雨那小子帶壞了！」白風麟咬著牙，「還沒大婚就帶著雪鶯三番兩次地出宮，當是好玩的嗎？皇室的臉都要被丟光了！真不愧是青妃的兒子。」

「總督大人……」福全變了臉色。

白風麟知道自己失言，便立刻停住了嘴，沉默片刻道：「立刻派人守住葉城各處入口，特別是伽藍帝都方向的湖底御道，嚴密盤查過往行人，一旦發現雪鶯和皇太子，立刻一邊跟住一邊祕密報告給我！」

「是！」福全領命。

「我立刻修書一封，快馬加急送給父王！」白風麟用摺扇敲打著欄杆，咬牙道：「真是無法無天！得讓父王把雪鶯這丫頭領回白王府裡才行。直到明年冊妃大典之前，都不要再放她去帝都！」

「是。」福全戰戰兢兢地點頭。

白風麟匆匆寫完了信。他一向為人精明幹練、老於世故，雖心中煩躁憤怒，落筆卻是謙卑溫文，沒有絲毫火氣——是，無論雪鶯再怎樣胡鬧，她也是白王嫡出的女兒、將來的太子妃，他身為庶子，又怎可得罪？

他壓著火氣寫完信，從頭仔細看了一遍，又在末尾添一筆，將自己想和赤之一族聯姻的意圖略說了一下，便將信封好，交給心腹侍從。然而越想越是氣悶煩亂，他拂袖而起，吩咐：「備轎！出去散心！」

福全跟了他多年，知道總督大人心情一不好便要去老地方消遣，立刻道：「小的立刻通知星海雲庭那邊，讓華洛夫人準備清淨的雅座等著大人。」

「讓她親自去挑幾個懂事的來！」白風麟有些煩躁地道：「上次那些雛兒，束手束腳的，真是生生敗了興致。」

「是！」福全答應著，遲疑一下道：「不過，大人……明天就是兩市的春季第一場拍賣了，您不是還要去主持大局嗎？」

「知道。」白風麟抬起手，捏了捏眉心。「和華洛夫人說，我今晚不留宿。上次拍賣被復國軍攪了局，這回可不能再出岔子。」

「是。」福全點了點頭，想起了什麼，又小心翼翼地開口：「星海雲庭那邊在預展的時候看上幾個新來的小鮫人，都是絕色。華洛夫人明天想去買回來，又怕看中的人太多，被哄抬價格……」

「知道了知道了……那女人，真是精明得很。」白風麟不耐煩地揮手，「她看上哪幾個，寫下名字來給我。我明天讓商會的人把那幾個奴隸先行扣下，不上台公開拍賣就是了。」

「是。」

當葉城總督在前廳和來客應酬揖讓、斡旋結交時，血腥味瀰漫了總督府深處那個神祕的院子。伴隨著鐵鐐拖地的刺耳響聲，一個接著一個，一行血肉模糊的鮫人被拖了進來，放在那個神祕深院的地上。

「前日在港口一共抓了五個復國軍，按照總督的吩咐，都給您送過來了。」獄卒不敢和簾子後的人多說一句話，「屬下告退。」

庭院靜悄悄的，再無一個人。那些重傷的鮫人已經失去知覺，無聲無息地躺著，只有血不停滲出，染紅了地面。

片刻，簾子無風自動，向上捲起。

簾後的人出現在庭院裡，看著地上那些奄奄一息的復國軍戰士，眼裡掠過一絲冷意，抬起手指微微一點，只聽「唰」的一聲，彷彿被看不到的手托起，地上一個昏迷的鮫人忽然凌空而起，平移到他的面前。

時影只看了一眼，便知道這個鮫人全身骨骼盡碎，已經接近死亡，除非再替他提回生之氣息，否則絲毫問不出什麼，但替這樣一個鮫人耗費大力氣回魂，自然是不值得的事。

他手指一揮，便將那人扔回外面的庭院，隨即又取了一人過來。

這個鮫人情況略好一點，還在微微呼吸，臉色蒼白如紙，舌頭被咬斷了，一隻手也齊肩而斷，似乎全身血液都已流盡。時影抬起右手，五指虛攏，掌心忽然出現一個淡紫色的符咒，倏地扣住那個鮫人的頭頂。

他低聲道：「醒來！」

那個垂死的復國軍戰士，奇蹟般地真的在他手裡甦醒過來。

「叫什麼名字？」時影淡淡開口，直接讀取他的內心。

「清……清川。」紫色的光透入腦顱，那個鮫人虛弱地動了動，眼神是散亂的，似乎有一種魔力控制他的思維。在殘酷的拷問裡都不曾開口的戰士，雖然已經咬斷舌頭，但在九嶷山大神官的手裡竟然有問必答。

時影面無表情，繼續問：「你在復國軍裡的職位？」

這一刻，那個鮫人停頓一下，直到時影五指微微收攏，才戰慄了一下，給出回答：「鏡湖大營，第……第三隊，副隊長……」

只是個副隊長？時影的眉頭微微皺一下。「你們的首領是誰？」

「是……是止大人。」那個鮫人戰士在他的手裡微微掙扎，最終還是說出他想知道的答案。「執掌鏡湖大營的……左權使，止淵大人。」

止淵？就是那個復國軍領袖的名字？

時影微微點頭，「他之前去過西荒嗎？」

「是……是的。」那個鮫人戰士點頭，「止淵大人……他……曾經在西荒居住過……」

時影一震，眼神裡掠過一絲光亮。「他最近去過蘇薩哈魯嗎？」

「去……去過。」那個鮫人戰士微弱地喃喃說道：「剛剛……剛剛去過……」

看來就是這個人？大神官不作聲地吸了一口氣，手指微微聚攏。「此刻，他在葉城嗎？」

「他……」那個鮫人戰士被他操控著，有問必答：「在葉城。」

時影心裡猛然一震，眼神都亮了，繼續問最後一個問題：「他在葉城哪裡？」

「在……」那個鮫人戰士張開口想說些什麼，然而不知道看到什麼，眼神忽地變了，恍惚的臉色瞬間蒼白，如同驟然從噩夢裡驚醒一樣，大喊了一聲，竟然將頭猛地一昂，掙脫了時影控制著他的那隻右手。

只聽一陣細微聲響，如同風從窗戶縫隙穿入，有微弱的白光一閃而過。那個戰士忽然發出一聲慘呼，重重墜落地面，再也不動。鮮血從他的心口如同噴泉一樣冒出來，奪去他的生命。

「誰？」時影瞬間變了臉色看過去。

庭院裡的垂絲海棠下，不知何時已經站著一個人。那個人有著和鮫人戰士同樣的水藍色長髮和湛碧色眸子，身形修長、面容柔美、長眉鳳目，一瞬間竟令身後的花樹都相形失色，手裡握著一把奇異的劍，劍光吞吐，眼神冷而亮，卻是鋼鐵一般。

剛才，正是這個鮫人，居然在緊要關頭猝不及防地出手，在他眼皮底下殺掉了落入敵手的同伴。

「光劍！」那一刻，時影低低脫口驚呼，臉上掠過震驚的表情——這種以劍氣取人性命的光劍，居然會出現在一個鮫人手上？

他脫口問：「你是劍聖門下？」

「呵……」那個鮫人沒有回答。他手裡的光劍下指地面，地上橫躺著的所有鮫人戰士，每個人都被一劍割斷了喉嚨，乾脆俐落、毫無痛苦。

時影不由得微微動容。這個人獨身闖入總督府，甘冒大險，竟是為了殺同伴滅口？鮫人一族性格溫柔順從，倒是很少見到手段如此毒辣的人物。

「不，你不可能是劍聖一門。你用的不是光劍。」時影微微皺眉，端詳著對方。千百年來，作為雲荒武道的最高殿堂，劍聖門下弟子大部分是空桑子民，偶爾也有中州人，卻絕無鮫人。當今飛華和流夢兩位，則是剛剛繼承劍聖的稱號，都還沒有正式開始收弟子，再無可能會收這個鮫人入室。

他不禁冷冷道：「你是從哪裡偷學來的劍術？」

那個鮫人沒有說話，手中劍光縱橫而起，迎面落下。

「不自量力。」時影皺眉，瞬間併指，指向了劍網。他的手指間剎那凝結出一道光，如同另一把巨大的劍，呼嘯著虛空劈下，將迎面而來的劍網生生破開。只聽一聲裂帛似的聲響，整個庭院都為之動搖。

空中的千百道光瞬間消失，似乎是被擊潰，然後又剎那凝聚，化為九道鋒芒從天而降。

時影的眼神凝了起來，不作聲地吸一口氣，迅速後退，雙手抬起，在胸口結印，瞬間釋放一個咒術——問天何壽。因為這個鮫人使出來的，居然是劍聖門下最深奧的劍術「九問」！

這個鮫人，果然不簡單。

只聽轟然一聲，劍光從天刺下，卻擊在無形的屏障上。

時影全身的衣衫獵獵而動，似被疾風迎面吹過，不由得心下暗自震驚：他一擊已是用上八、九成的力量，然而只和那一道劍光鬥了個旗鼓相當。這個鮫人，竟是他在雲荒罕遇的敵手。

當劍光消失的瞬間，面前的鮫人也已經消失。

空氣中還殘存著劍意，激盪凜冽、鋒芒逼人，論氣勢竟不比當世劍聖遜色多少。地上有零星血跡，不知道是自那個人身上灑落的，還是來自地上那些鮫人戰士的屍體。

時影看著空蕩蕩的庭院，不由得微微變了臉色。

由於生於海上，天生體質不強，後天又被劈開身體重造過，鮫人一族的敏捷性和平衡性非常好，卻從來都缺乏力量，偏於柔弱。然而，眼前這個鮫人竟然突破了這些限制，練就這樣一身絕世的劍術。

這個鮫人是誰？要突破一族力量的極限，必須得到血脈的支持。莫非，這就是自己一直以來在找的「那個人」？

他蹙眉飛速地想著，併起手指看了看。剛才他並不是不能攔住那個人，卻故意任其離開，只在對方身上暗自種下一個追蹤用的符咒。

「重明。」他側過頭，喚了一聲。

只聽「撲啦啦」一聲，簾後在架子上將腦袋扎在翅膀底下打瞌睡的白色鳥兒應聲醒來，「唰」地展翅飛出來。牠剛飛出簾子時還只是如同鸚鵡般大小，等落到庭院裡，卻轉瞬變得如同一隻雪鵰。

時影指了指天空說：「去，幫我找出剛才那個鮫人的蹤跡。」

重明神鳥轉了轉惺忪的睡眼，不滿地「咕嚕」一聲，雙翅一振，呼嘯著飛上天，身軀轉瞬擴大，變得如同巨鯨般大小，四隻紅色的眼眸炯炯閃光，以總督府為中心，追逐著地面上的蹤跡。

重明四目，上可仰望九天，下可透視黃泉，在牠的追逐下，六合間再沒有任何東西可以遁形。

九嶷山的大神官低下頭，看著腳邊一地的屍體，眼神漸漸變了。

按照星相顯示，七十年後，空桑將有滅族亡國的大難。然而，他雖竭盡所能，卻依舊無法看到具體的經過，只能看到那一片歸邪從碧落海升起，朝著伽藍帝都上空緩緩而來。

他唯一能預知的是，一切的因由，都將和一個眼下正位於葉城的鮫人相關。那個鮫人將揭開雲荒的亂世之幕，將空桑推入滅頂的深淵。

白塔倒塌，六王殞落，皇天封印，帝王之血斷絕，成千上萬的空桑子民成為冤魂……只要他凝視著那片歸邪，便能看到這些來自幾十年後的幻影，逐一浮現在天宇，如同上蒼顯示給他們這些觀星象者的冰冷預言。

那樣的滅族大難，已經被刻在星辰上，在雲荒每一個空桑人頭頂上懸掛，如同不可阻擋的命運車輪。然而，沒有人看到，沒有人相信。

只有他和大司命兩個人是清醒的。

清醒著，看著末日緩緩朝他們走過來。

他，身為空桑帝君的嫡長子，身上流著遠古星尊帝傳下的帝王之血，即便遠離朝廷，獨處神廟深谷，卻也不能當作什麼都沒看見，和所有人一樣只顧著享受當世的榮華，罔顧身後滔天而來的洪水。

他用了數年的時間追逐著那片歸邪的軌跡，從九嶷到西荒，又從蘇薩哈魯回到葉城——如今，終於是一步一步地接近那個縹緲的幻影。

「實在不行，就把葉城的鮫人都殺光吧。」

許久，一句低而冷的話語從他的嘴角吐出，在初春的風裡凍結成冰。

「——如果空桑和海國，只有一個能活下來的話。」

（未完待續）

國家圖書館出版品預行編目資料

朱顏/滄月作. -- 初版. -- 臺北市：臺灣角川股份有限公司, 2021.09-
面； 公分

ISBN 978-986-524-755-3(第1冊：平裝). --
ISBN 978-986-524-756-0(第2冊：平裝)

857.7 110011704

Kadokawa Fantastic Novels DX

朱顏 壹

（原著名：朱顏）

2021年9月27日　初版第1刷發行

作　　者：滄月
封面插圖：容鏡
封面題字：廖學隆
發 行 人：岩崎剛人
總 編 輯：蔡佩芬
編　　輯：溫佩蓉
美術設計：吳佳昫
印　　務：李明修（主任）、張加恩（主任）、張凱棋

發 行 所：台灣角川股份有限公司
地　　址：104台北市中山區松江路223號3樓
電　　話：（02）2515-3000
傳　　真：（02）2515-0033
網　　址：www.kadokawa.com.tw
劃撥帳戶：台灣角川股份有限公司
劃撥帳號：19487412
法律顧問：有澤法律事務所
製　　版：巨茂科技印刷有限公司
ＩＳＢＮ：978-986-524-755-3